W0189722

NAGEL & KIMCHE

Eveline Hasler

Liebe ist ewig
doch nicht
immer beständig

Von kürzeren und
längeren Ewigkeiten

Erzählungen

NAGEL & KIMCHE

*Titelformulierung frei nach
Johann Wolfgang von Goethe
und Eduard Mörike*

1. Auflage 2021

© 2021 Nagel & Kimche
in der MG Medien Verlags GmbH, Zürich · München
Satz: Verlag Nagel & Kimche AG, Zürich
gesetzt aus der Adobe Garamond Pro
Umschlag: Hauptmann & Kompanie Werbeagentur,
Zürich, unter Verwendung eines Fotos von Eveline Hasler
Druck und Bindung: CPI book GmbH

ISBN 978-3-312-01228-2

Printed in Germany

Inhalt

5

Prolog

Auch von der Liebe zu einer Landschaft kann man befallen werden. Schon eine kleine Ewigkeit wohne ich mit meinem langjährigen Ehepartner Paolo im Tessin in einem Dorf oberhalb des Lago Maggiore.

Muss ich mich für meine Recherchen anderswo aufhalten, wird jede Rückkehr zu einem kleinen Fest. Steile Kurven führen oberhalb von Losone bergauf, im Winter gilt es, mit dem VW auf vereister Straße dem schwerfälligen Bus und dem Lastenverkehr auszuweichen. Nach der dritten Biegung, im Winkel der schärfsten Kurve, stehen weder eine Lampe noch ein Polizist, durch kahles Geäst schimmert ein Madonnenmantel in leuchtendem Vanoni-Blau. Im 19. Jahrhundert von Giovanni Antonio Vanoni mit Lapislazuli gemalt, bezirzen das Stück Himmel, der Mantel. Die Madonna winkt uns durch.

Auf der Höhe dann ein magischer Wald. Er bedeckt wie ein krauses grüngraues Tierfell Flanken und Hügelrücken nordwestlich von Ascona, lässt dem Dorf Arcegno unwillig Raum für Steinhäuser und Bungalows, um gleich hinter der Siedlung seine grünen Gründe weiter zu spannen – Richtung Golino auf der einen, Richtung Ronco auf der anderen Seite.

Ungewöhnliche Menschen haben hier Zuflucht gefunden und wohl die Magie der Gegend verstärkt: Der junge Hermann Hesse hat in einem Unterstand im Wald nach sich selbst gesucht, der Kriminalschriftsteller Glauser mit dem Willen, seine Drogensucht loszuwerden, fand Refugium in der oberen schattigen Mühle, »Brüm« genannt, ein Wort, das im Dialekt »Nebel« bedeutet. In derselben Mühle rang einst der genial-verrückte Psychiater Otto Gross darum, seine letzte Patientin zu retten.

Gegen Ronco hin, nach letzten Waldbäumen, weicht der Nebel, in der Tiefe überrascht die blitzende Seefläche des Lago Maggiore, die Inseln von Brissago im Gegenlicht.

Die russische Malerin Marianne von Werefkin, lange Jahre in Ascona am See zu Hause, bekam Impulse aus dieser Farbenvielfalt, ihre expressiven Bilder im Dorfmuseum Ascona zeugen davon.

An den Abhang des Keltenhügels Balladrum gedrückt, vom Weg aus unsichtbar, eine zweite Waldmühle. In unseren ersten Tessiner-Jahren war es uns eine Freude, hier Hermann Hesses Sohn Heiner zu besuchen. Der 1909 Geborene wusste viel über die frühere Epoche und ihre Künstler. Zeit für Gespräche musste er sich abringen, beantwortete er doch handschriftlich die zahllosen Fragen, das literarische Erbe seines Vaters betreffend.

Hermann Hesse selbst ist für den Besucher dieser Gegend noch überall präsent. Dem verhaltenen Dichter kommt man näher durch seine intensive Freundschaft mit Hugo Ball und Emmy Hennings, in meinem Buch *Und werde*

immer ihr Freund sein versuchte ich, mich diesem Dreige-
stirn anzunähern.

Was ist an dieser Gegend südlich der Alpen so besonders?
Anderswo sitzen Verwalter der Wirklichkeit, die versuchen,
Irdisches vom Himmlischen, Gegenwart von Vergangenem
zu trennen. Hier im Süden lässt man Wirklichkeiten friedlich ineinander wachsen, Himmel und Erde gehören zusammen. Die aus dem Leben Gegangenen sind nicht vergangen, ihre Geschichten vernimmt man im Rauschen des
Nordföhns. Als Schriftstellerin liebe ich es, von Menschen
zu hören, die dieses Stück Erde schon vor mir ins Herz
geschlossen haben. Suchende und Künstler, sie flohen oft
vor der Traurigkeit und der Öde ihres eigenen Herzens oder
versuchten, der Politik und den Kriegen in ihrem Land zu
entgehen.

Oft wollten sie nur für kurze Zeit kommen und blieben
dann ein Leben lang. Sie waren beeindruckt von der Rauheit
der Täler, den Flüssen, die sich durch Granitbrocken ihren
Weg bahnen.

Von der Einfachheit ihrer Bewohner lernten sie mit
Geduld die Schlechtwetterperioden zu überstehen, denn in
dieser Sonnenecke südlich der Alpen kann es ohne Weiteres
drei Wochen lang auf zornige Art regnen. Zeigte sich dann
wieder die Sonne, liebten sie die mildere Landschaft in der
Nähe der Seen, das helle Dorf auf dem grünen Knie des
Abhangs, das in der Sonne blitzende Wasser.

Dort auf dem Lago Maggiore fährt ein Schiff, eine Vier-
telstunde nur, und man ist in Italien!

Grenzland.

Da entsteht Durchzug, Wechselbeziehung, man ahnt die lombardische Weite.

Die hier Sesshaften suchten in dieser wunderbar reichen Gegend keinen Luxus, sie fühlten sich eins mit der südlichen Natur, lebten auch gerne unter den Einheimischen mit ihrer seltenen Bereitschaft zur Toleranz, die Fremden in ihrer Art leben zu lassen.

Ein Klima, das atmen lässt.

Türen öffnet für Freundschaft und Liebe.

Jede Zeit drückt wohl der Liebe ihre Formen auf. Und immer wieder sind Menschen auf der Suche nach neuen Formen der Beziehung.

Else Lasker-Schüler, damals die bedeutendste Lyrikerin Deutschlands, hilft der Liebespfeil, der sie in Locarno trifft, Schicksalsschläge zu überstehen. In der schlimmsten Zeit der Verfolgung wächst ihre Kreativität. Ihre Liebe, ein inwendiger Schatz, überdauert.

Die Scheue wird selbst zum Liebesgedicht.

Auch Aline Valangin und Vladimir Rosenbaum suchen, wie viele andere, neue Formen. Ihre Ehe, so bestimmt es der Jurist, soll eine offene Ehe sein, in den Zwanzigerjahren des 20. Jahrhunderts verlange die Modernität das. So liebt Aline den Dichter Ignazio Silone und gleichzeitig den großzügigen Rosenbaum. Später, während des Zweiten Weltkriegs, wird Valangin in ihrem Palazzo im Onsernonetal zur Helferin der Emigranten, in meinem Buch *Aline und die Erfindung der Liebe* werden diese Ereignisse nachgezeichnet.

Tatsächlich wird der Mensch, der liebt, manchmal selbst zur Liebe.

Er erkennt, dass er ein Teil dieser Welt ist und schenkt seine Zuwendung den Leidenden.

So errichtet Lilly Volkart auf der Collina in Ascona ein Flüchtlingsheim für Kinder und Jugendliche, das dank ihrer mütterlichen Hingabe für viele zu einer Ersatzheimat wird.

Steigt man von Ronco hinauf in den hoch gelegenen Weiler, wo die Einheimischen der Hitze des Sommers zu entgehen versuchen, steht auf einer Mauer des Sommerhauses der Künstlerfamilie Ciseri folgendes Gedicht, das 1942 von Salvatore Quasimodo (der 1959 den Nobelpreis bekommen sollte) mit lockerer Hand geschrieben wurde:

Ognuno sta solo sul cuor della terra
trafitto da un raggio di sole
ed è subito sera.

Ein jeder steht allein auf dem Herzen der Erde
getroffen von einem Sonnenstrahl:
und schon ist es Abend.

Zwölf Liebesgeschichten nachgespürt.

Die letzte – ein Roman in der Nussschale – entleert sich.
Vergänglichkeit bahnt sich einen Ausgang.
Bilder zucken über den erlöschenden Bildschirm.
Das Kino ist aus.

Doch ich stehe noch immer im Aufruhr dieser
Begebenheiten.

Es wetterleuchtet ein Satz, es strudelt um mich,
zieht mich zum Grund einer Geschichte.
Undeutlicher geworden nun alles,
Abendbilder in diffusem Wolkenrosa.
In das, was eine wirkliche Liebesgeschichte ist,
dringt man nie ein.
Der liebende Mensch bleibt sich selbst Geheimnis.
Etwas Größeres als er selbst scheint da in ihm zu wirken,
Liebe als die Triebfeder der Lebendigkeit,
als Grundton allen Lebens,
Wiederschein der Schönheit und der Gesetzmäßigkeit
der Natur.

Wir sitzen im Garten, Sommerwärme auch jetzt noch am Abend.

Ed è subito sera. Paolo und ich, in die Jahre gekommen, am Tisch aus Granitstein essen wir ein Risotto mit Steinpilzen, trinken ein Glas vom Roten. Wir sehen zu, wie der Abend seine Dunkelheit webt im dürren Geäst der Azaleen, im rötlich gefärbten See ein letztes Schiff, die Insel jetzt kobaltblau verdunkelt, treibt in der Strömung davon.

»Dort!« Ich nicke.

Wir sehen den Mond aufsteigen, ein helles Segel über dem schon leicht mit Schnee bestäubten Berg.

Liebes- und Lebensmenschen.

Brauchen sie sich mit dem Alter weniger zu sagen? Kennt jeder den andern zu gut?

Nein, das ist es nicht. Man kennt sich wenig. Mittlerweile weiß man drei oder vier Dinge, gewiss, der Mensch ist starrköpfig im Alter, ja. Doch wenn der alte Mann dort am Tisch über etwas nachgrübelt, wenn er plötzlich auflacht, ein Licht in seinen Augen glimmt, vergisst man sein Alter… Was man aneinander liebt, am Ende der Liebesewigkeit?

Es bleibt ein Geheimnis.

Eveline Hasler
Ronco im Tessin, November 2020

Die Einquartierung
Emmy Hennings letzte Liebe

Der Himmel über dem Luganersee war weiß vor Hitze.

Emmy kam müde von der Arbeit nach Hause, in der Besenbinderei war es heiß und staubig gewesen, ein stickiger Tag ging zu Ende.

Sie setzte sich auf die oberste Stufe ihrer Eingangstreppe, ihr Körper holte ein bisschen Kühle aus der Granitplatte heraus, die Katze, ein schnurrender Fellsack, döste auf ihrem Schoß.

Der junge, in ihrem Haus einquartierte Soldat setzte sich neben sie. Er blickte sie von der Seite an und legte dann den Arm um ihre Schultern, ihr Gesicht mit den weichen, von der Hitze leicht geschwollenen Zügen gefiel ihm, das Blonde der Pagenfrisur, die Emmy etwas Mädchenhaftes gab, obwohl sie eine gestandene Frau war, eine Witwe ...

Der junge Unteroffizier war zum ersten Mal in seinem Leben südlich des Gotthards.

Zu Hause in der Innerschweiz sah er das gewaltige Bergmassiv von der andern, der Nordseite aus, es verriegelte sein karges, nach Mitternacht ausgerichtetes Tal, da drang kein warmer Hauch vom Süden herüber, das Wetter hielt sich an diese Schwelle. Im Frühling des Kriegsjahrs 1944 war er mit seinem Zug, die beladenen Maulesel voran, über die noch verschneite Passhöhe gezogen, hinunter durch das Val Tremola nach der Burgenstadt Bellinzona und von dort aus weiter südwärts bis zu diesem letzten Zipfel des Luganersees. In Magliaso wurde er einquartiert, unweit der italienischen Grenze, hinter der Krieg war.

Doch hier, auf den Treppenstufen der Emmy Hennings, seiner Zimmerwirtin, empfand er Frieden. So lau hatte er sich einen südlichen Abend nicht vorgestellt, der Hitzedunst hatte sich aufgelöst, Hügel und See nahmen Farben und Form an, umflossen von einem blaugoldenen Licht. Vom Wasser herauf brachte der Abendwind erste Kühle.

Emmy spürte noch keine Erleichterung, in ihr war ein Flattern, eine Unruhe, als ob der Wind, der in den Blättern der Büsche zu hören war, durch ihr Inneres striche.

Ein Käuzchen begann zu schreien, ein langanhaltender tremolierender Ruf.

»Was schreit da so jämmerlich?«, fragte der Soldat.

»Der Gufo.« Sie lächelte.

»Weißt du, was er da schreit? *Voglio una donna! Voglio una donna!*«

»Was heißt das?«

»Ich will eine Frau!«

»Kann ich ihm nachfühlen!« Der junge Soldat lachte. »Ich habe auch noch keine.«

»Du bist wohl zu scheu?«, fragte sie lächelnd.

»Vielleicht.« Er zuckte die Achseln.

Die Rufe des Käuzchens waren verstummt.

Von der Wiese her, aus den Büschen, kam die Dunkelheit.

»Wie still es hier ist«, bemerkte er. »Nur so ein Schaben. Sind das Grillen?«

»Das feine Mahlen, als rieben Stockzähne aufeinander,‹« fragte sie zurück, um ein bisschen Zeit zu gewinnen, denn sie war dabei, das stoppelige Kinn des jungen Mannes zu betrachten, den Mund unter dem hellen Backenbart, den kräftigen, fast bäuerlichen Nacken, die unwahrscheinlich blauen, wie staunend geweiteten Augen. Sagte dann: »Du hörst die Zeit, sie mahlt und mahlt. Bis das letzte Korn aufgebraucht ist.«

»Und dann?«

»Sterben wir.«

»Ah, bah, wir sind noch zu jung zum Sterben«, wehrte er ab.

»Du schon. Aber ich … Ich bin neunundfünfzig«, sagte sie.

Sie blickte ihm mit spöttisch geschürzten Lippen ins Gesicht und blies die blonden Haare ihrer Stirnfransen hoch. Dann schüttelte sie ihre rechte Hand, als könnte sie die brennenden Stellen kühlen, er bemerkte die Schwielen und Blasen vom Besenbinden.

Er sagte: »Du gefällst mir, so oder so.«

Er griff nach ihrer Hand, drehte sie, betrachtete auf der Innenseite die offenen Blasen.

»Warum musst du denn in die Besenfabrik? Die Arbeit ist zu grob, sie macht deine Hände kaputt. Und wenn du nach Hause kommst, arbeitest du ganze Nächte am Schreibtisch …«

Durch die offene Tür hatte er sie über Papierbögen gebeugt an ihrem Tisch gesehen. Sie saß am Schreibtisch wie an einem Hausaltar, überall Heiligenbildchen und Fotos von diesem mönchisch hageren Mann, der ihr Ehemann gewesen war.

Ein Schriftsteller, ein Philosoph, hieß es im Dorf, als Gründer der Dada-Bewegung habe er in Zürich Furore gemacht, von seiner Performance als Papst spreche man dort immer noch. Auch in Deutschland rühme man Hugo Balls Bücher. Nun, da er tot sei, schreibe eben Signora Emmy Bücher über ihn, schreibe und schreibe, schwenke über den beschriebenen Blättern das Weihrauchfass.

»Wird das, was sie schreibt, auch gedruckt?«, hatte der Soldat den Dorflehrer gefragt und der hatte, mit einem eifrigen Nicken bestätigt: »Die katholischen Verlage in der Innerschweiz und in Süddeutschland sind scharf auf ihre Manuskripte…«

»Braucht sie Geld?« Der Lehrer bejahte. »Sie ist nach Magliaso umgezogen, weil die Mieten hier billiger sind, ihre Bücher hat sie, obwohl sie nicht mehr die Jüngste ist, in einem Handwagen mühsam hinter sich hergezogen.«

»Mühsam, ja«, sagte der Soldat, »es waren gewiss Hunderte von Büchern…«

»Allerdings«, sagte der Lehrer belustigt, »in ihrer Bibliothek steht Casanova friedlich neben Augustinus! Und haben Sie über den Regalen, vor dem schwarzen Samttuch, die Totenmaske gesehen? Sah Ball nicht wie ein Geistlicher aus mit der strengen Heiterkeit um den Mund? Wie Kirchenmäuse hat das Paar im Tessin gelebt, eifrige Konvertiten, morgens zur Frühmesse, abends zum Rosenkranz, doch mit seinen schwierigen philosophischen Büchern hat

Ball nur Schulden hinterlassen. Sein Begräbnis hat Hermann Hesse bezahlt. Dann und wann schickt der Dichter aus Montagnola ein Scherflein, damit die Witwe ihren Hauszins zahlen kann ...«

Der Soldat schaute die schmale Frau an, Entbehrungen und Arbeit schienen an ihr zu zehren. »Besenbinden und schreiben, du bist zu emsig, Emmy«, rügte er.

Sie lächelte und sagte: »Weißt du, dass man mich damals in Schwabing Emsi genannt hat?«

»Schwabing? Wo ist das?«

»Ein Stadtviertel von München.«

Sie dachte an ihre Tingeltangel-Zeit, an die wechselnden Liebhaber aus der Bohème und an die Freier, die sie sich zeitweise hatte zulegen müssen, um nicht zu verhungern. Wer sie zuerst Emsi genannt hatte? Wohl Erich Mühsam. Seine Emsi war ihm lieb, er begriff ihr verspieltes, schöpferisches Wesen, nur ihre Konversion zum Katholizismus und ihre frommen Anwandlungen, wie er das nannte, verstand er nicht. Trotz der frommen Übungen empfand sie es als anstrengend, enthaltsam zu leben, schaffte sie es die Woche über, so leistete sie sich wenigstens am Sonntag ihren Mühsam. Einmal, nach einer gemeinsamen Nacht, hatte sie ihm gesagt, sie wolle ins Kloster.

Und er darauf spöttisch: »Ach, und wer bestellt dann dein Gärtchen?«

Das hatte sie maßlos gegen ihn aufgebracht. Sie verstand keinen Spaß, wenn es um Dinge ging, die ihr Spaß bereiteten.

Und dann kam Hugo Ball. Die Jahre ihrer Ehe. Der Mönch und die Tingeltangel-Prinzessin. Er suche bei ihr »keine hausfrauliche Sorge, sondern die Unschuld, das Unbewusste, die Fee, das Übersinnliche«, hatte er einem Freund geschrieben. Sie lebten mal zusammen, mal getrennt, trieben zusammen das Bücherschreib-Spiel, reisten mit den letzten Ersparnissen nach Italien, sorglos wie Kinder, oder auch tief verzweifelt. Er, der Gelehrte, der Asket, wusste um Emmys Leben voller Umwege, er verstand ihre Weglaufsucht, war ihrem Kind aus einer früheren Beziehung ein zärtlicher Vater, auf seine Großzügigkeit war Verlass.

Nur seinen frühen Tod empfand sie als Verrat.

Sie blinzelte und sah den jungen Soldaten, wie er den Rauch seiner Zigarette mit spitzem Mund vor sich hertrieb, Wolken, Weihrauchwolken. An Fronleichnam schwang Hugo in der Kirche das Weihrauchfass. Die dunkel gekleideten alten Weiblein nahmen mit witternder Nase gierig den frommen Geruch auf, der, so glaubten sie, den Teufel in die Flucht treibe. Emmy wurde in der Messe übel, es sitzt halt ein Teufelchen in mir, bemerkte sie lachend, aber Hugo wusste, dass ihr Magen nach einer kräftigen Mahlzeit verlangte: Geh zum Krämer, er wird dir auf Pump Eier und Butter geben, auch ein Stück Schafkäse und Salami, Hesse wird uns nochmals einen Schein schicken.

Der Wind spielte im Nachbargarten mit den Blattfingern einer Palme, ein Geräusch, als zerreiße Seidenpapier.

Emmy gab der Katze einen Schubs und stand auf. In der Küche holte sie Gläser und die Weinflasche, die der Soldat aus dem nahen Grotto mitgebracht hatte.

Sie tranken schweigend.

Ob er dürfe? Sie ließ sich küssen, er tat es auf eine vorsichtige, unschuldige Art. Seine bäurischen, beinah quadratischen Hände glitten sanft über ihr Gesicht.

Die Dunkelheit füllte die enge Dorfgasse, die Hauswände erschienen jetzt schluchtartig, fensterlos. Ein Hund bellte.

Als der Hund schwieg und seinem Herrn ins Haus folgte, begann abermals das Käuzchen zu schreien.

»G-u-f-o«, sagte der Soldat, das fremde Wort sorgfältig wie eine Kostbarkeit aussprechend. »Was schreit er? Sag mir noch mal, was er schreit, Emmy!«

Voglio una donna! Sie lachte, leerte ihr Glas.

Der Wein hatte ihr Gesicht flaumig gemacht.

Wie gut, an diesem lauen Abend nicht schreiben zu müssen. Sie blickte zum Nachthimmel und versprach: Morgen werde ich dafür ein paar Seiten mehr schaffen, hörst du, Hugo, dabei zwinkerte sie über der Krone des Kastanienbaums einem kleinen Stern zu.

Der Soldat aus der Innerschweiz deutete das zu seinen Gunsten. Er zog sie die Treppenstufen hinunter zu dem kleinen Grasplatz bei der Kastanie.

Das mit bläulicher Dunkelheit angefüllte Männergesicht neben ihr nahm für einen kurzen Moment die Züge des sterbenden Hugo an, wie er ihr vor über fünfzehn Jahren in San Abbondio in den Armen gelegen hatte.

Sie erschrak.

War Hugo eifersüchtig? Oder hatte er, großzügig wie immer, seiner Emmy den jungen Unteroffizier in den Arm gelegt? Die Gedanken der Toten sind geheimnisvoll.

Der Soldat hatte sie sacht aufs Gras gebettet, Halme stachen ihr in den Rücken.

Sie dachte erst an den schmerzensreichen, dann an den freudenreichen, dann an den glorreichen Rosenkranz.

Als sie sich von ihm löste, stand der Stern immer noch über den Zweigen der Kastanie.

Sie ging in die Küche und brachte zwei Gläschen Grappa, von der Flasche, die Hesse aus Montagnola im Januar zu Emmys Geburtstag geschickt hatte.

An diesem Abend arbeitete sie nicht mehr an ihrem Manuskript. Sie setzte sich nur kurz unter den Fotos und Heiligenbildchen an den Schreibtisch und schrieb an Hesses Frau Ninon: »Dreimal am Tag habe ich Gott gebeten, eine Veränderung herbeizuführen, denn es ist verwirrend, sich verliebt zu spüren wie ein junges Mädchen. Doch es bleibt so: Ich habe eine Einquartierung im Herzen.«

Die Liebespfeile
der Else Lasker-Schüler

Wenn du Gott verstehst, ist es nicht Gott, sagte Augustinus im fünften Jahrhundert. Wenn du Liebe verstehst, ist es nicht Liebe, soll die Dichterin Else Lasker-Schüler gesagt haben. Denn Liebe überfiel sie wie ein Naturereignis – Quell ihrer Lebensenergie, aus der sie Kraft für ihr Dichten und Malen schöpfte.

Der vielleicht unerklärlichste ihrer Liebesfälle?

Er trifft sie im Tessin, auf einem ihrer Spaziergänge an der Seepromenade in Locarno.

Es ist im letzten Kriegsjahr 1918. Sie möchte die Deutsche Heilstätte in Agra besuchen, in der Hoffnung, man könne dort ihrem lungenkranken Sohn Paul helfen und die Kosten seien für die Dichterin einigermaßen zu verkraften. Ein Gremium in Berlin hört davon und verschafft ihr eine Freikarte zu den in Locarno stattfindenden Friedensverhandlungen, sie hat zuvor einen Essay über Frieden veröffentlicht. Zu den eigentlichen Verhandlungen im Grand Hotel wird die Dichterin jedoch nicht zugelassen, und so spaziert sie mit Chiara, einer aus Locarno stammenden Sekretärin, an der Seepromenade.

Chiara bleibt plötzlich hinter Palmbüschen stehen, begrüßt einen Bekannten.

23

Winkt dann Else herbei: »Darf ich Dir Paolo Pedrazzini vorstellen, den Sindaco unserer Stadt Locarno!«

»Sindaco? Ach ja, ich verstehe«, lacht Else, »er ist der Doge von Locarno!«

»Genauso ist es«, sagt der Fremde, sein breites Gesicht verbreitert sich noch ein bisschen vor Vergnügen.

»Und hier, lieber Signor Pedrazzini«, sagt Chiara und schiebt Else Lasker-Schüler vor, »steht vor Ihnen die prominenteste Lyrikerin von Deutschland!«

Der interessant aussehende, etwas untersetzte Mann deutet eine kleine Verbeugung an.

Else hat Zeit, in das verblüffend exotische Gesicht dieses Mannes zu schauen: Seine Hautfarbe, selbst unter gebräunten Tessinern auffällig, ist von indianischem Rotgold. Dunkle Augen, kräftige Nase, trotziger Mund und selbstbewusstes Kinn! Die Haare nach südamerikanischer Art aus der Stirn straff nach hinten gekämmt…

Nach dieser Inspektion muss die Lasker-Schüler die Augen schließen, so sehr blendet sie die goldene Helligkeit dieses Menschen. Eine Träne rinnt ihr über die Wange, mit dem Fingerknöchel versucht sie das Nass aufzufangen, doch es geht schlecht, ihre rechte Hand steckt in einem Lederverband.

»Ich vermute, Sie stammen aus Mexiko?«, wagt sie überrascht zu fragen.

Und er, ebenfalls verblüfft: »Sie kennen Mexiko? – Ja, meine Mutter stammt aus Sinoquipe. Aus einem alten Inkageschlecht. Wissen Sie, mein Vater hat in Mexiko nicht nur eine Silbermine entdeckt, sondern auch einen Goldschatz, den er heimgebracht hat ins Tessin: Meine Mutter, seine große Liebe!«

Ein Märchen ganz nach Elses Geschmack, diese Begegnung raubt ihr die Worte.

Er spürt ihre Verlegenheit. Zeigt auf ihre rechte Hand: »Unfall gehabt?«

»Nein, zu viel gemalt.«

»Bei uns in Locarno? Was malen Sie denn?«

»Indianer.«

Ihre Leidenschaft für Indianer muss wohl ein Scherz sein, abermals stutzt Paolo, dann gesellt sich sein tiefes Lachen zu dem hellen der Frauen.

Wie soll Else ihm erklären, dass sie hier einem aus ihrem Inka-Clan begegnet? Dass auch sie sich für eine Inkafrau hält?

Sie hat kürzlich eine Meditation veröffentlicht über »Paradiese«, die sie Liebe und Freundschaft nennt.

Liebe, da nicht von dieser Welt, gedeihe im Schweigen, Freundschaft in Gespräch und Spiel. Liebe liege nicht in unserer Macht, sei nicht mit dem »Rubin des Herzens« zu erkaufen. Und – haben Leser gefragt – was hält die zweimal geschiedene Lasker-Schüler von einer unglücklichen Liebe? Sie hat überlegt: »Nun, wenn die jetzt Getrennten früher einmal ihre Liebe als Paradies erkannt haben, bleiben sie auch nach dem Erlöschen der Liebe einander verbunden.«

Ihr inneres Feuer, entfacht durch diese eine kurze Begegnung mit Pedrazzini in Locarno, erlöscht in der Dichterin auch nach Jahren nicht.

Das erfährt sie sieben Jahre später, 1925.

Sie wohnt in einem bescheidenen Hotel beim Bahnhof, drei Franken die Nacht, doch die Geräusche der Eisenbahn und das Geknatter der Autos lassen sie nicht schlafen. So ist es erholsam, die Vormittage am See zu verbringen, wo der Liebesblitz sie einst getroffen hat. Es ist Frühling, sie spaziert allein, da und dort begegnet sie freundlichen Blicken, ihre weiße, mit Blumen bestickte Bluse bringt ihr seidenfeines, nachtschwarzes Haar zur Geltung. Immer wieder bleibt sie stehen, blickt in das Dunkelgrün der Baumkronen, kann sich kaum sattsehen an dem bezaubernden Rosa, das sich dort aus harten pelzigen Schalen befreit, wie exotische Vögel sitzen die Blüten auf dem Blattwerk der riesigen kegelförmigen Magnolien.

Sie hofft ihre Liebe zu sehen, und sie hat Glück.

Zwei- oder dreimal entdeckt sie Pedrazzini auf einem der Parkwege, versunken im Gespräch, es sind ernsthafte junge Männer, die mit bärtigen, dunklen Gesichtern auf ihn einsprechen. Auch sein Gesicht zeigt eine neue Ernsthaftigkeit. Durch Chiara hat sie von seinem neuen politischen Ehrenamt erfahren: Er sitzt jetzt als Vertreter des Tessins in der schweizerischen Regierung, als Nationalrat. Sie versagt es sich, den Vielbeschäftigten zu stören. Diese Liebe, sie hat es von Anfang an gewusst, verlangt Diskretion. Eine von ihr selbst auferlegte Schweigepflicht, die sie vor sieben Jahren schlecht ertragen hat.

Damals, als der Liebespfeil sie traf, hatte sie oben im Kloster Madonna del Sasso Hilfe und Beistand gesucht. Mit dem *Funikulare*, einer kleinen Bahn, war sie zwischen grüner

Wildnis senkrecht himmelan gefahren – bis zur Endstation an einem kahlen Felsvorsprung, nahe dem Kloster.

Sie war ausgestiegen und zu Fuß in lockeren Sandalen viele Treppenstufen hinuntergegangen, dann zwischen alten Mauern wieder hinauf bis zu der weiten Aussichtsterrasse des Klosters. Über eine Rebmauer gebeugt, hatte sie Ruhe geschöpft, über die Dächer der Stadt und auf den See geblickt, an dem sie Paolo Pedrazzini vor ein paar Stunden erstmals gesehen hatte.

Abendwind war aufgekommen, er bleichte das starke Blau der Seefläche zwischen den Berghängen aus.

Als sie sich umwandte, sah sie Licht aus der Klosterkirche dringen, in den hohen Fenstern spiegelten sich flockige flamingofarbene Wolken. Die Kirchentür stand jetzt weit geöffnet, Menschen kehrten zur Andacht ein.

Die Orgelmusik lockte auch sie, sie hatte sich vorne in eine Bank gesetzt, sah einen Mönch die Kanzel besteigen. Er ließ seinen Blick über die Zuhörer schweifen, und sein Gesicht mit den weißen Bartstoppeln hellte sich auf, als er anfing, in einem sonoren Italienisch zu predigen. Sie sitzt wie gebannt, hört zu, ohne der Sprache Dantes mächtig zu sein, glaubt sie, das Wesentliche zu verstehen. Sie fühlt den sanften Blick des Predigers oft auf sich ruhen. Worte, dunkel wie aus Ziehbrunnen steigend, erreichen das liebeswunde Herz der Dichterin.

Nach der Messe zerstreut sich die Schar der Gläubigen, auch der Prediger hat sich durch eine unsichtbare Tür im Gemäuer entfernt. Sie sucht ihn draußen, auf der gedeckten Galerie sieht sie wandelnde Mönche, im Gebet versunken. Sie fragt einen jungen Mann, der aus der Kirche kommt:

»Können Sie mir sagen, wer eben gepredigt hat?«

»Pater Guardian Diego da Melano«, antwortet er und blickt besorgt in das verstörte Gesicht seines Gegenübers: »Ist Ihnen nicht gut, Signora?«

»Oh, danke, es geht schon.«

Sie hat sich den langen Namen des Predigers eingeprägt, ihr weiser Mönch predige diesen Abend noch in einer kleinen Kirche am Berg, erfährt sie. Vergeblich sehnt sie sich nach einem Gespräch mit ihm.

In jenem Herbst, sie ist immer noch auf der Suche nach einer Heilstätte für Paul, trifft man sie nochmals in Locarno.

Wie immer schlecht bei Kasse, nächtigt sie in dem bescheidenen Hotelzimmer beim Bahnhof. Am nächsten Morgen schreibt sie an einem mit Weinflecken übersäten Tisch dem Guardian Diego da Melano. Es ist nun sieben Jahre her, seit sie mit Liebesschmerz dort oben war im Kloster der Madonna del Sasso. Doch wenn sie liebt, lebt sie in einer Zeitblase, immer ist im Garten der Liebe Gegenwart. Der Mönch, gespeichert in ihrem inneren Archiv, ist zum »Märchenprior« und »Dichter« mutiert, ihrem Schreiben wird sie ihr Buch *Peter Hille* beilegen. Für den Mönch aus Madonna del Sasso ist sie wohl eine Unbekannte, sie stellt sich vor: Sie stamme aus »Canaan« und habe von einem Konsul in Breslau gehört »Italiener hassen die Juden nicht.« Seine Predigt habe auf sie vor sieben Jahren ohne Italienischkenntnisse tiefen Eindruck gemacht.

Und dann folgt das Bekenntnis ihrer Liebe zu Pedrazzini:

»Hochwürdigster Großgeistlicher, ich bin so hingerissen von einem Locarneser, dass ich wie im Zauber dahinlebe …«

Ach ja, sie wisse, in Italien würde man ihre Erfülltheit für eine Besessenheit halten, was nicht der Fall sei! Keine Angst, ihre Liebe sei »ganz ganz ganz unantastbar« und »stumm vom ersten Augenblick an«.

Sie zeigte auch Besorgnis, dass man den Nationalrat Pedrazzini anfechte. Sie habe gehört, er müsse um sein hohes Amt bangen, man misstraue ihm, versuche den Tiger einzuengen mit bösen Reden.

»Ich wünsche, dass sich nichts in seinem Leben verändern möge, da ich ihn liebe mit meiner Seele in Ewigkeit, mit allem Guten und Bösen, das er tun muss.«

Sie erfuhr es viel später: Einige Monate danach, im Dezember 1925, wurde Paolo Pedrazzini seines Amtes als Nationalrat enthoben.

Auch im Leben der jüdischen Dichterin änderte sich viel. 1933 wird sie von jungen Nazis in Berlin auf der Straße brutal zusammengeschlagen, sie muss ins Krankenhaus, zwei Rückenwirbel sind gebrochen. Auf den Rat von Freunden flieht sie in das ihr schon bekannte Zürich. Die Literaturfreunde der Stadt kennen ihre Bücher, auch hat sie damals durch Gönner finanzielle Hilfe bekommen. Jetzt aber, 1933, ist Zürich voll von Flüchtlingen, die Fremdenpolizei kämpft gegen »Überfremdung«, die Dichterin soll keine Vorträge halten und keine Artikel veröffentlichen. Sie zahlt im Augustinerhof, bewirtschaftet von einer religiösen Gemeinschaft, keine teure Miete, trotzdem bleibt ihr kaum etwas für Schreib- und Malpapier und für das tägliche Brot.

So wird Else von Mitte 1935 an in Ascona leben, wo die Lebenskosten niedriger sind. Mitten im Borgo beim Post-

amt, im ersten Stock der Konditorei Berger-Signorelli, um-
schwebt von Brotgerüchen und den Düften des Gebäcks,
schreibt sie täglich acht Stunden an ihrem Palästina-Buch.
Aus Geldknappheit nur bei der »allerallernötigsten Ernäh-
rung«, berichtet sie ihrem Gönner, dem Seidenfabrikanten
Silvain Guggenheim nach Zürich. Auch von den zwei Lei-
tern des Warenhauses Bratt an der Bahnhofstraße wird sie
regelmäßig unterstützt, und zum Dank malt sie für ihre
Wohltäter fleißig Bilder, trotz entzündeter Hand. Doch das
Geld bleibt nie bei ihr, es rinnt ihr durch die Finger. Sie verrät ihren Gönnern nicht, dass sie einen großen Teil des ge-
spendeten Geldes sofort nach Berlin schickt. Die beiden
Töchter ihrer früh verstorbenen Schwester brauchen dringend Mittel für eine Ausbildung.

In dem kleinen Ascona fühlt sie sich bald »neben der
Welt«, der Ort bestehe nur aus einer einzigen Straße, be-
hauptet sie, die steilen Aufstiege, die vielen Treppchen kann
sie ihres kranken Herzens wegen nicht benutzen. In der
Kälte des Spätherbsts bleibt das Zimmer oberhalb Berger-
Signorelli ungeheizt, man muss die Lasker-Schüler gegen-
über im Café Verbano suchen. Stammgäste lassen ihr hier
ihren bevorzugten Platz: Die linke Hand auf der Röhre der
Heizung, die rechte bewehrt mit Buntstiften und zwei
eitrige Finger vom Wundpflaster bedeckt, malt sie wie in
Trance. Im Winter sitzen nur einheimische Arbeiter und
Angestellte im Verbano, sie trinken ihren Espresso oder ein
Viertel Merlot, blicken Else über die Schulter, wundern sich
über die exotischen Bilder in Rot, Blau und Gold: Indianer,
Affen, ein Elefant… Die seltsame Malerin blickt kurz von
ihren Blättern auf, spricht mit dem einen oder andern ein

paar Worte, die keiner versteht, doch ihre blitzenden Augen lächeln, sie genießt Respekt.

Gegen Ostern verändert sich das Dorf.

Erste Autos, viereckige Kisten, drängen sich durch die krumme Straße des Borgos. Im Verbano werden die Tischchen ins Freie gestellt, für Gäste aus Berlin und Zürich. Unter kübelartigen modischen Hüten sitzen die Damen gelangweilt, strecken ihre Hälse und nackten Arme der Sonne entgegen, wundern sich, dass die seltsame Frau im bunten Rock mit den Halsketten aus farbigem Glas ein gutes Deutsch spricht.

Sie schreibt wunderbare Gedichte, erklärt der Mann mit der Pfeife, der jeden Morgen, über ein Buch gebeugt, seinen Kaffee trinkt. Er zeigt auf seine NZZ: »Da ein Gedicht, lesen Sie es. Sie ist die wandelnde Dichtung im Borgo von Ascona.«

Föhnwind kommt auf, es wird nun täglich wärmer.

Sie schreibt verbissen weiter an ihrem Palästina-Buch. Erst abends erlaubt sie sich, gegen die Einsamkeit Briefe zu schreiben. Die meisten ihrer Schreiben gehen an den jungen Berner Juristen Emil Raas, bei dem sie in der jüdischen Studentengruppe »Union Bern« aus ihren Texten gelesen hat. Oft bleibt sie lange ohne Antwort – ah, sie erinnert sich, er lernt für seine Examen. Trotzdem schreibt Else ihm fast täglich, traktiert ihn mit mal freundlichen, mal anklagenden Briefen, und der junge Jurist braucht Geduld, die vielen eigenwilligen Schreiben zu lesen. Ihrer Dichtung wegen, die er schätzt, steht er alles durch, obwohl er bald an einem Prozess arbeitet, der die *Protokolle der Weisen von Zion* als Fälschung entlarvt.

Im Juni beginnt man sich in Ascona vor der Wärme zu schützen, in den Auslagen von Berger-Signorelli schmelzen die Schokoladen.

»Dann lieber Amaretti al Kirsch«, sagt Else zur Signora Signorelli und kauft Mandelkonfekt für ihre Elberfelder Schulfreundin Elvira Bachrach. Das noble Paar Bachrach bewohnt am Ausgang des Ortes ein Schloss, dort wird Else zu einer süßen Elberfelder Spezialität erwartet. Schokoladenpudding mit gekühlter Himbeersauce hat sie sich schriftlich gewünscht: »Ja, das würde ich gerne wieder einmal essen!«

Im Schloss, am Kaffeetisch, wandern Elses Blicke durch das offene Fenster über die Straße zu dem neuen Teatro San Materno, die Bachrachs haben es von Carl Weidemeyer im Bauhausstil errichten lassen, für ihre begabte Tochter, die Tänzerin Charlotte Bara.

»Ich wünschte mir, auf der Bühne drüben meine Gedichte zu lesen, liebe Elvira«, beginnt Else. Elvira blickt unter langgezogenen Lidern kritisch auf die ehemalige Schulfreundin, dieser Talmi-Schmuck, horribile!

»Else, in den nächsten Wochen ist das Teatro für die religiösen Tänze unserer Tochter reserviert.«

»Dann halt im August?«

»Meine Liebe, die Abende im August sind zu heiß!«

»Macht nichts, ich lese einfach kühlere Gedichte!«, sagt Else.

Elvira lächelt matt, ihre Hand spielt mit der Perlenkette.

Und Else, schnell die Sprechpause füllend: »Im Herbst, wenn mir nochmals eine Lesung gestattet wird, dann …«

»Was dann, Else Lasker-Schüler?«

»Rezitiere ich eben die wärmeren Texte! »

Elvira blickt zur Tür, wo das Hausmädchen mit einem Tablett erscheint: Die Elberfelder-Süßigkeit wird auf goldenen Tellern gereicht.

»Wie das duftet! Wie in unserer Kindheit«, jubelt Else.

Dann Stille, man hört nur die Dessertlöffel klingen. Die Teller haben sich rasch geleert.

»Unsere Köchin hat die Süßspeise nach deiner Anweisung gemacht, Else, ich denke, sie ist gelungen?«

»Schmeckt noch besser als damals zu Hause«, lobt die Dichterin. »Vor allem die Sauce aus Himbeeren – ist wirklich eisbärenkalt!!! Damals in Elberfeld musste man sich zur Kühlung von Speisen Eisklötze in der Bierbrauerei besorgen …«

Und Elvira zufrieden: »Ja, wir haben ihn, den neuen Kühlschrank, der auf Knopfdruck kühlt …« Sie lehnt sich zurück und gestattet, wenn auch contre cœur, ihrer ehemaligen Schulfreundin zwei Lesungen.

Ende Juni hatte Else schon begonnen, Einladungen für die von Elvira gewährte Augustlesung zu verschicken. Lange saß sie am Schreibtisch, einen gewissen Briefumschlag in Händen, auf der Adresse hatte sie das Wort »Pedrazzini« mit einer kleinen Krone verziert. Nun, sie hatte ihn lange nicht mehr gesehen, ihren Paolo, die Fahrt im modernen Autobus mit Gummireifen, der von Ascona nach Locarno fuhr, kostete Zeit und Geld.

Ja, viel Zeit war verstrichen ohne Wiedersehen. Trotzdem thronte der geliebte exotische Mann seit vielen Jahren in ihrem Herzen …

Bevor sie den Brief spät abends einwarf, trug sie ihn noch in der Dunkelheit hinter dem Café auf die Wiese, wo zwischen Grashalmen die Glühwürmchen ihre flammenden Nachrichten sandten. In Gedanken an Paolo schrieb sie in ihr Notizbuch: »Ich brauche bloß ein bisschen Phosphor und beginne ebenfalls zu leuchten.«

Dann kam der Tag ihrer Lesung. Der Augustabend war, wie erwartet, sehr heiß.

Sie stand auf der Bühne des schönen kleinen Theaters, in der linken Hand das Textblatt, die rechte, weil zwei Finger verbunden, versteckt hinter ihrem Rücken. In den vorderen Rängen fächerten sich Frauen Kühlung zu, da und dort tupften sich Männer den Schweiß von der Stirn.

Else Lasker-Schüler, in seidener Pluderhose, grüßte lächelnd: »Meine Damen und Herren, aufgepasst, ich blase den Wörtern etwas Nordwind zu und versuche dann mit meiner kühlsten Stimme zu lesen!«

Schon füllte ihre dunkle, brüchige Stimme den Raum, dieser Stimme konnte sie vertrauen, augenblicklich zog sie die Aufmerksamkeit der Zuhörenden auf sich. Jetzt konnte Else ihren Augen eine heimliche Wanderung durch die Stuhlreihen gestatten – doch Pedrazzini war nicht da!

Ihr Herz zog sich zusammen, sie las weiter. Ihre Verse tönten nun noch eine Spur herber und kühler.

Nach der Veranstaltung, sie war müde geworden, kam die Überraschung: Zwei Frauen mit Namen Pedrazzini standen vor ihr und grüßten sie von Paolo!

Die hübsche Frau mit dem heiteren Lachen war Paolos Ehefrau Maria Franzoni, und neben ihr stand – Paolos weibliches Ebenbild – seine dunkelhaarige Tochter Mercedes! Das junge Mädchen, etwas beschämt, entschuldigte seinen Papa: »Ja, dauernd hat er seine dummen Hauptversammlungen!«

Darauf schnell Mama Franzoni: »Ach, verehrte Dichterin, dabei ist Paolo doch so stolz gewesen auf Ihre Widmung in dem wunderschönen Buch *Theben*, ›dem Dogen von Locarno‹! Er, der in Mexiko geboren ist, hat ihre Zeichnungen von den Inkas sehr bewundert …«

Das kleine Theater hatte sich geleert.

Mutter und Tochter Pedrazzini bestanden darauf, Else noch bis zu Berger-Signorelli zu begleiten. Die Dichterin nahm gerne an, ja, die Straße war dunkel – aber sie hatte eben auch entdeckt, dass man mit Paolos Ehefrau deutsch sprechen konnte! »Woher das gute Deutsch?«, fragte sie.

»Ach, Deutschkurse damals in Luzern, Nonnen aus Deutschland als Lehrerinnen, oh, die waren streng!«

Die Straße machte nun eine Biegung, im Schatten der Friedhofsmauer sah Else nichts mehr, und Signora Franzoni bot der Dichterin ihren Arm an.

»Maria, hätten Sie nicht Lust, meine Gedichte ins Italienische zu übersetzen?«, fragte Else ihre Begleiterin spontan. Siognora Franzoni mit ihrem breiten, schönen Lachen antwortete: »Dafür, liebe Dichterin, fehlen mir tausend deutsche Wörter! Doch ich kann Kuchen backen und möchte Sie gerne zu uns nach Hause zum Kaffee einladen! Es wäre für uns eine Ehre. Mein Mann wird – wie ich sehr hoffe – für einmal zu Hause sein! Das Amt des Nationalrats ist er zwar los, doch da bleibt noch ein Rattenschwanz von anderen Ämtern: die Tessiner Bergbahnen, die Società Electrica, die Zentrale des Kurvereins …«

Else ließ ihren Arm los. »Zum Kaffee kommen?«, hauchte sie. »Oh, ich danke Ihnen, Signora, aber ich plane einen neuen Aufenthalt in Jerusalem, und vorher sind noch viele Manuskriptseiten zu erledigen…«

Der wahre Grund ihrer Absage: Sie wollte genau diesen ersten Eindruck von Paolo Pedrazzini, damals in Locarno, in ihrem Innern behalten: der Sohn einer Inkafrau aus Sinoquipe! Seit Jahren lebte er bei ihr, ihr Inka-Tiger, er ruhte auf ihrem Seelengrund, sie beschenkte ihn mit Zuwendung, sie fütterte ihn mit Gedichten … Sollte sich das, was er ihr bedeutete, beim Kuchen und Familiensilber der Maria verwässern?

Sie waren unterdessen bei Berger-Signorelli angelangt, hier spendete die Straßenlaterne Licht, und Else sah es deutlich: Paolos Tochter hatte nicht nur seine dunklen blitzenden Augen, sie besaß auch seinen Schalk, mit dem sie nun sagte: »Oh, wie schade, dass Sie nicht kommen können, Signora Poetessa! Ich vermute nämlich, eine gewisse Dichterin hat meinen Papa ganz toll gern« – *pazzescamente* war das Wort, das sie benutzte. Und die Lasker-Schüler, die das Wort kannte, lachte hell auf.

Inzwischen hatte Else gesehen, dass das Café noch geöffnet war, sie ließ die Frauen kurz stehen, ging hinein und kaufte von dem eben erhaltenen Lesungshonorar die größte Schachtel mit den feinsten Amaretti, die in Kirsch und Schokolade getaucht worden waren: »Für Paolo Pedrazzini und seine Familie!«

Als sie nach der Verabschiedung zu ihrem Zimmer hinaufging, fand sie vor der Zimmertür einen Brief von Emil Raas: Er habe seine Examena gut bestanden, sei nun »Fürsprech«, wie das in Bern heiße! »Auch Sie, liebe Dichterin, dürfen meine Hilfe beanspruchen, wenn Sie mir vertrauen!«

Und ob sie ihm vertraute! Diesem schweizerisch spröden, bescheidenen, tüchtigen jungen Fürsprech!

Die Wahl der Männer, die ihr etwas bedeuteten, war jetzt in der zweiten Lebenshälfte eine ganz andere geworden.

Damals in Berlin, verliebt in den deutschen Arzt und Dichter Gottfried Benn, veröffentlichte sie erotische Gedichte an ihn in Büchern und Zeitungen. Benn antwortete ebenso öffentlich, tat es jedoch abweisend, zynisch, sadistisch. Grausam, im Stil der Nazis, deren Anhänger Benn geworden war. Die halbe Welt nahm teil an diesem Briefwechsel und sparte nicht mit Spott und Kritik an Else, der alleinstehenden Frau. »Mir geht es nicht um Sexualität, sondern um die Kunstform erotischer Empfindungen im Austausch mit einem anderen Künstler!«, verteidigte sie sich verletzt. Von da an vervollkommnete sie die Technik, ihre Emotionen zurückzunehmen: In ihrem literarischen Laboratorium werden Texte verfremdet, das Geschehen angesiedelt in einem imaginären Orient, die Agierenden und sie selbst tragen phantastische Namen. Das entbehrt eines realistischen Szenarios, wer Homestorys sucht, wendet sich ab.

Jetzt waren ihre männlichen Favoriten feinfühlige Charaktere, hellsichtig und tüchtig in ihrem Metier, menschlich und aufrichtig handelnd. Männer, die in schwieriger Zeit der alternden Else stete und stille Zuwendung boten. So bleibt auch Emil Raas trotz mancher Misstöne im brieflichen Austausch für sie wichtig.

Else Lasker-Schüler kam 1939 in Jerusalem an, vermeintlich für einen kürzeren Aufenthalt. Doch dann begann der Zweite Weltkrieg, und als Else nach Zürich zurückwollte, verweigerte die Schweiz während der Kriegswirren die Aufnahme der mittellosen Dichterin beharrlich. Der junge Jurist Raas machte zu ihren Gunsten Eingaben an die zuständigen Politiker, ohne Erfolg.

In dem einst so begehrten Jerusalem, das jetzt zu ihrem Exil geworden war, litt sie am heißen Klima und unter Einsamkeit. Sie sehnte sich nach kühlen Bergen und nach Emil Raas – »*Wenn du doch kämest... / Im lichten Alpenmantel eingehüllt*« heißt es in einem ihrer Exilgedichte.

Else berichtet, ihre Mutter habe Schwärmerei für eine keusche Kraft gehalten.

Der letzte Mann, den die Dichterin intensiv umschwärmt, lehrt an der Hebräischen Universität in Jerusalem Philosophie und Geschichte der Pädagogik, es ist Ernst Simon. Der zweiundvierzigjährige Familienvater verfügt über viel Empathie, die Angst der alten Dichterin im »Grauen der Einsamkeit« vermag er zu fühlen. Noch einmal wird sie vom Liebespfeil getroffen. Der Spott seiner Kollegen: »Die Alte ist doch nicht mehr ganz richtig im Kopf«, kümmert Ernst Simon nicht, er sieht ihre Lebensarbeit, ihre

Leiden, weiß um ihr edles Herz. Sie widmet ihm, ohne seinen Namen dem Leser zu verraten, ihre letzten Liebesgedichte. Und er, mit seiner Sprachsensibilität, spürt die Intensität dieser virtuellen Liebesträume ohne Raum und Zeit. Eines der Gedichte beginnt so:

Komm zu mir in der Nacht – wir schlafen engverschlungen.
Müde bin ich sehr, vom Wachen einsam.
Ein fremder Vogel hat in dunkler Frühe schon gesungen,
Als noch mein Traum mit sich und mir gerungen.
Es öffnen Blumen sich vor allen Quellen
Und färben sich mit Deiner Augen Immortellen …

Zwei Jahre vor ihrem Tod, am 30. August 1943, schreibt er ihr: »Es wird immer mein großer Ruhm sein, als Anlass zu den herrlichsten Gedichten gedient zu haben. So darf ich danken für das Buch und Ihre Hände küssen. In Verehrung und Treue, Ihr Ernst Simon.«

»Ein Haus wie ein Kleid, das mir passt«
Georgette Klein, Luigi und ihr Bauhaus bei Barbengo

Von der Morgensonne noch unberührt, standen die Dorf-
häuser aus grauem Stein abweisend, zu einer Verteidigungs-
mauer ineinander verzahnt. Da öffnete sich in einer der
schmalbrüstigen Hausfronten ein Fenster, eine alte Frau
streckte den Kopf heraus und horchte nach dem Klöppeln
von Spazierstöcken auf der Dorfstraße.

Das Geräusch kam näher, und nun sah sie die Fremden,
von denen ihr Sohn, der Bürgermeister, gestern erzählt
hatte: Ein noch rüstiger Siebzigjähriger in städtischer Kleidung, neben ihm seine Tochter im karierten Wanderrock.

Bei ihrem Sohn, dem Sindaco von Barbengo, hatten sich
die beiden nach dem Preis eines Grundstücks erkundigt:
Nicht innerhalb der Umfriedung des alten Dorfes, nein, die
junge Frau hege die Absicht, oben auf Sciaredo zu bauen,
dem letzten einsamen Hügel am südlichen Ende der Collina d'Oro!

Schnell hatte sich dieses außergewöhnliche Ansinnen im
Dorf herumgesprochen, zweideutige Bemerkungen und
Witze machten die Runde, das Wort Venushügel fiel. Gene-
rationen von Dorfbewohnern hatten in den rundlichen Felsen unterhalb der Waldkrone von Sciaredo eine nackte Frau
gesehen, man scheute den als heidnisch bezeichneten Ort,

nur manchmal stiegen unerschrockene Liebespaare hinauf zu einem heimlichen Treffen.

»Ein Wohnhaus auf Sciaredo? Ein schwieriges Vorhaben«, meinte Sindaco Albertoni, als die Bauwilligen im Büro des Bürgermeisters vorsprachen. »Sie brauchen in diesem Gelände einen tüchtigen Architekten …«

»Wir benötigen nur tüchtige Bauleute«, sagte darauf, und dies mit gewisser Würde, der Mann aus Winterthur. »Meine Tochter baut nach eigenen Plänen, sie hat in Basel Vorlesungen in Architektur gehört!«

Von studierten Frauen war man bis jetzt im Dorf verschont geblieben.

Wie alt mochte sie sein? Mitte dreißig?

Bürgermeister Albertoni, früher ein paar Jahre in Mailand ansässig, musste seine Leute beschwichtigen: »Nun, wir stehen im dritten Jahrzehnt des 20. Jahrhunderts, in den Städten hat man sich an gebildete Frauen gewöhnt. Diese hier entstammt einer begüterten Familie aus Winterthur, die Vorfahren des Vaters, die dem Kind den Namen Rodolfo gaben, kamen aus dem Tessin. In den Sommermonaten zieht es den älteren Herrn, Direktor der Firma Sulzer in Winterthur, zurück in unsere Gegend. Den meisten Bewohnern unseres Dorfes dürfte der ruhige und vornehme Ingeniere Rodolfo Klein kein Unbekannter sein?«

In der Versammlung der Dorfbewohner wurde das Vorhaben auf dem Hügel Sciaredo besprochen, da kam plötzlich die Frage nach dem Ehemann der Bauherrin auf.

Diese Frage aus dem Mund einer älteren Frau ließ den Sindaco für eine Weile verstummen.

Er blickte in viele erwartungsvolle Gesichter, räumte dann mit schlecht überspielter Verlegenheit ein: »Die Bauherrin ist noch ohne Anhang, das heißt, sie hat noch keinen Ehemann!«

Damit schien die Geschichte einen völlig neuen Klang zu bekommen.

Der Bürgermeister, der sich schnell gefasst hatte, gab mit routiniertem Lächeln zu bedenken: »Die moderne junge Frau wohnt ja dann dort oben auf dem Hügel, sie wird wohl die Dorfbewohner mit modischen Flausen in Ruhe lassen!« Gelächter.

In sein Abflauen warf der Sindaco rasch ein: »Es steht ja, wohlverstanden, noch ein Mann hinter der gescheiten Jungfrau! Ihr Vater, der hier im Palazzo Triulzi wohnt, verfügt neben einem klaren Verstand auch über ein gut gefülltes Portefeuille! Zum Glück für Barbengo, meine ich. *Amici*, wir haben hier dringend Geld nötig! Ihr wisst nur zu gut, wie viele Häuser vor dem Verfall gerettet werden müssen. Und im Dorf werden in diesem Monat endlich Straßen und Plätze elektrifiziert.

Ihr kennt auch unsere Sorge: Unsere Jungen halten oft vergeblich Ausschau nach einer anständig bezahlten Arbeit. Signor Klein hat versprochen, für den Bau die Handwerker aus nächster Nähe heranzuziehen, bei guter Entlohnung, selbstverständlich! Unsere Jungen sollen nicht mehr bis in die Poebene ziehen müssen, um eine Beschäftigung zu finden!«

Man nickte Albertoni zu, seine Argumente und das Freibier, das jetzt ausgeschenkt wurde, sorgten für einen friedlichen Fortgang des Abends.

Spät am nächsten Nachmittag, die ärgste Hitze des Julitags war vorbei, stieg die zukünftige Bauherrin hinauf zum Hügel Sciaredo, während sich ihr Vater um die juristischen Dinge rund um die Bauerlaubnis bemühte. Georgette kam auch ohne Stöcke behende voran, mit jedem Schritt näherte sie sich der Kuppe ihres Hügels, deren Name in ihrer Sprache wohl »Lichtung am Eichenwald« hieß. Und sieh, das Licht der Nachmittagssonne erhellte um diese Zeit wie eine Verheißung den Einschnitt zwischen den hochstämmigen Bäumen. Hier, wo die Eichen wie aus Respekt zurücktraten, ebenen Raum lassend für einen Bau, schienen Farne und Blattlanzen im Abendlicht Feuer zu fangen.

Ihr Herz klopfte.

Sie sah vor sich ihr zukünftiges Haus im Bauhaus-Stil: goldfarbene Kuben, von Weitem im Grün sichtbar wie ein weiblicher Körper. Sollten die Dorfleute doch ihre heidnische nackte Frau haben!

Sie schüttelte lächelnd den Kopf über diese albernen Geschichten. Dachte dann: Was für eine Herausforderung, nach eigenem Plan zu bauen!

In Ascona hatte sie neulich das Weidemeyersche Kleine Theater für die Tänzerin Charlotte Bara bestaunt: Flachdächer, Außentreppe. Sachlich der in schlichtem Weiß gehaltene Baukörper. Dann, auch am Abhang des Monte Verità, bereits diese und jene Villa im Stil der neuen Sachlichkeit.

Ihr Wohnhaus, dessen war sie sich bewusst, sollte in seinen Größenverhältnissen bescheiden sein: einfache Kuben, zwei oder drei große Sonnenterrassen, die sich ausstreckten, um für ihre Bewohnerin Licht einzufangen.

Ich will hier hellere Kleider anziehen, dachte sie. Sie meinte damit, leben nach eigenem Gesetz!

Die Überbehütung durch die Eltern war ihr, der ledig Gebliebenen, im reiferen Alter unerträglich geworden. In den Zehnerjahren des 20. Jahrhunderts war das anders, die Eltern hatten sich und ihren beiden Töchtern Ungewöhnliches zugetraut: Marcelle, die jüngere, doktorierte in Geschichte, und Georgette, drei Jahre älter, in Zürich schließlich in Germanistik.

Später nahm ihre Mutter, eine Französin, Anteil an der schwierigen Liebesbeziehung der Tochter Georgette, ein jahrelanger, schmerzlicher *pas de deux* mit einem Mann, der keine Erfüllung der Liebe zuließ. Er, dessen Intelligenz alle bewunderten, litt an Depressionen und zweifelte an seinem Selbstwert. Nun war er nach Rom geflohen, Zeit für Georgette, endlich alle Erinnerungen an ihn zu verbannen. Zeit auch, sich zu entfernen von der hirnlastigen Wortakrobatik ihrer Dissertation!

»Was, Du machst jetzt Handpuppen?«, rief die Mutter beim nächsten Besuch in Winterthur.

»Warum erstaunt dich das, Maman?«

»Früher hast du doch, von den Kursen der Sophie Täuber-Arp angeregt, mit Textilien gearbeitet? Einige deiner originellen Arbeiten befinden sich in Galerien und einige, besonders kostbare, hütet sogar unser Museum in Winterthur!«

»Ja, ja. Nun sind es eben Holzskulpturen, Maman. Köpfe, Charaktere.

Die Aufführungen meiner Puppenbühne in Barbengo, die von Kindern und Erwachsenen besucht werden, haben einen guten Ruf! Man rühmt diese Spiele, und die *straniera* bekommt am Rande der Schweiz ein paar Brocken Zuneigung und Beachtung.«

»In Winterthur, liebe Georgette, könntest du ganz anders Karriere machen!«

»Maman, du weißt, ich liebe wie Papa das Tessin!«

Auf dem Abstieg von Sciaredo, in Gedanken an Maman, kam sie an den ersten Häuserreihen von Barbengo vorbei. Sie streifte mit der Schulter im Gehen eine Trockenmauer, blieb stehen, roch am Hahnenfuß, der aus einer der Fugen spross. Auf den obersten Steinen der Mauer räkelte sich eine Katze in der Sonne. Nein, Maman, nicht Winterthur, dachte sie jetzt. Für deine Einzelgängerin Georgette sind diese Dörfer im Luganese das entsprechende Ambiente! Die Zeit fließt langsamer, mit dem südlichen Hauch lernt man, mitzufließen. Man braucht hier wenig zu sprechen. Ich beobachte auf meinen Gängen durch das Dorf die Bewohner, ihre ursprüngliche Mimik: das Spiel der dunklen Augen, die Bewegungen der vollen Lippen, ich lerne so für den Ausdruck meiner Holzpuppen.

Puppenspiel, Maman, was für eine wunderbare Welt in der Nussschale! Dichter schreiben neuerdings wieder für die Puppenbühne, und viele Künstler schaffen ausdrucksstarke Holzfiguren!

In Ascona besuchte Georgette die Aufführungen des berühmten Jakob Flach.

Dass in Barbengo besondere Puppen entstanden, sprach sich in der Szene schnell herum. Flach kam eigens zu einer der Aufführungen in den Palazzo Triulzi. Begehrte nach dem Spiel alle ihre Handpuppen zu sehen und wollte gleich einige erwerben.

Doch sie gab keine her! Noch nicht!

Diese Geschöpfe waren ihre Familie.

Der Tag kam, an dem diese Puppen ihr Leben veränderten.

Sie trug eben eine Kiste in den Palazzo mit bunten *burratini* für die Aufführung eines Stückes in der Art der Commedia del Arte. Auf der steilen Holztreppe zum Weinkeller, wo ihre Puppenbühne stand, rutschte sie aus. Da lag sie in der Tiefe auf dem kühlen irdenen Boden mit schmerzendem Bein. Aufstehen? Unmöglich!

Draußen auf dem Platz arbeitete auf einem hohen Mast der Elektriker, er hatte die *straniera* eben ins Haus gehen sehen, jetzt hörte er durch die offen gebliebene Tür ein Wimmern.

Er stieg vom Mast, fand auf dem Kellerboden die *straniera*.

»Schmerzen? Aufstehen unmöglich?«

Sie nickte.

»Der einzige Wagen im Dorf ist in Reparatur. Ich werde Sie auf einem Fußweg zum Arzt tragen, es ist nicht weit.«

Er hob sie behutsam auf, seine Arme waren angenehm und kräftig. »Geht es? Tue ich Ihnen nicht weh?«

Es geht mir gut, sagte sie. Sie blickte zu dem Gesicht hoch, das sich ihr dann und wann zuneigte.

Er lächelte. »Darf ich Signorina sagen? Oder sind Sie verheiratet und schon eine *Sciora*, wie man hier sagt?«

Sie lächelte zurück, trotz der Schmerzen.

»Nein, keine *Sciora*. Ich bin zwar nicht mehr jung, doch ledig und möchte es bleiben!«

Das amüsierte ihn.

Sie bemerkte es in seinen Augen, da lag Glanz. Sein üppiger Schnurrbart hob sich und machte geschwungenen Lippen Platz, und fast verwegen dann seine Bemerkung: »Ich habe auch noch keine Frau. Bin wohl aus dem Alter heraus, wo man auf Freiersfüßen geht? Schon Ende Dreißig.«

»Dann sind wir beide fast gleich alt«, rief sie.

Er schwieg erstaunt, dann aber hörte sie ihn gedämpft, wie von innen her, lachen.

Der Weg wurde steinig. Sie las von seinem Gesicht sein Bemühen ab, sie trotz der Unebenheiten ruhig zu tragen. Seine Stirn hatte sich in Falten gelegt, auch der Mund zeigte in der Art seiner Verschlossenheit die Anstrengung. Ein schönes, herbes Männergesicht, dachte sie, umrahmt von dichtem kastanienbraunem Haar. Sie staunte über seine Arme, über den in dieser Gegend unüblichen großgewachsenen kräftigen Körper.

Nun waren sie beim Arzthaus angekommen. Eine Frau ließ sie ein. Auf der Liege befühlte der Arzt das schmerzende Bein: »Kein Bruch, das Bein ist nur verstaucht. Es kann trotzdem sehr weh tun. Ich gebe Ihnen Tabletten mit.«

»Tentori, könnt Ihr die Frau noch zurücktragen? Bis zum Palazzo?«

»Sicher. Sie ist ein Fliegengewicht. Und ich habe ja sonst nie Gelegenheit, eine junge Frau zu tragen!«

Sie lachte. Sagte dann beim Zurückgehen: »Es ist mir wohl in Ihren Armen.« Da glitt eine Wolke von Röte über seine schlecht rasierte Wange. Sie hatte ihn in Verlegenheit gebracht. Um ihn abzulenken fragte sie: »Was haben Sie denn da auf dem hohen Mast gemacht?«

»Ach, Kabel ineinandergefügt. Verbindungen hergestellt. Was halt so der erste und einzige Elektriker in dieser Gegend tun muss! Die Zeit der romantischen Gaslampen ist auch hier vorbei.«

Am Abend, Papa hatte zum Lammfleisch Merlot getrunken, wandte er sich am Esstisch an Georgette: »Man sagt im Dorf, der gute Tentori habe dich zum Arzt getragen! Weißt du, dass er Elektriker ist?«

Ja, ja, es hat ja auch gefunkt, sagte sie und lachte.

Papa überhörte es, wie alles, was er nicht auf Anhieb verstand. »Wir wollen ihm als Dank etwas Wein bringen, nicht wahr, Georgette?« Er hielt inne, tippte sich dann an die Stirn: »Er hat ja selbst ein Weingut oben auf der Rückseite deines Hügels! Was also schenken?«

»Eine Puppe. Die hübsche mit dem Tanzkleid …«

»Eine Flasche Grappa«, entgegnete Klein. »Er hat wohl keinen in seinem Keller … weißt du, er lebt mit seiner Mutter und der älteren Schwester zusammen … Er hat noch keine Frau, dabei ist er nicht mehr der Jüngste.«

»Er ist etwa so alt wie ich, Vater.«

Der Vater überhörte es.

Sie warteten noch zwei Tage, bis Georgette wieder humpelnd gehen konnte. An diesem Morgen fanden sie den Elektriker allein hinter seinem Haus, er bearbeitete eine Steinplatte.

Der Vater wunderte sich: »Sie sind auch Steinmetz, Tentori?«

Er nickte. »Hier muss ein Mann fast alles können, wir machen ja unsere Häuser selbst. Dies hier? Das wird ein Steintisch von der Art, wie er seit jeher in unserer Gegend üblich ist...«

Klein trat näher: »Da habt ihr eine besonders schöne Granitplatte im Steinbruch erwischt, Tentori...«

Georgette berührte jetzt die massive Tischplatte mit den silbern glänzenden Einschlüssen.

Tentori freute sich über ihr Interesse: »Ja, die Einschlüsse. Der Stein bewahrt die Helligkeit des Sommers, Signorina. Im Winter, wenn alles nur grau ist, freuen wir uns über die sommerliche Helligkeit, die er für uns aufgehoben hat.«

Sie fand, er habe Sinn für Dinge, die andere für tot hielten. Ihre Hand fuhr fort, über die raue Oberfläche der Platte zu gleiten, während sie vor sich hinmurmelte: »Solche Tische bräuchte ich auch für mein Haus.«

»Ihr Haus?«

»Ja, ich baue oben auf dem Hügel von Sciaredo.«

»Dort? Scherzen Sie?«

»O nein, es ist meine feste Absicht. Ich werde dort oben nachdenken können über den Sinn des Lebens, sticken und Holzpuppen machen.«

»Auf Sciaredo? Dort sollten Sie nicht ohne Mann arbeiten, Signorina, es ist ein abgelegener Hügel. Wenn Sie wieder stürzen, ist niemand da, der Sie zum Arzt trägt...«

Das hatte seine Richtigkeit.

Sie überlegte. Blickte ihn an mit ihren etwas reglosen blauen Augen. Langsam verfestigte sich in ihr ein Gedanke.

Er spürte es. Als sich ihre Blicke wieder begegneten, schaute er verlegen weg.

Vater Klein ergriff nun das Wort: »Tentori, Ihr kennt wohl alle Handwerker in dieser Gegend?«

Tentori nickte. »Sie brauchen für den geplanten Bau die besten Leute. Schon die Mauern müssen im unruhigen Waldboden solide verankert sein.«

Und darauf Georgette: »Kann ich morgen nochmals vorbeikommen mit meinen Hausplänen, Tentori? Ich glaube, ich benötige Ihren Rat.«

Anderntags gegen Mittag war Tentoris Tisch hinter dem Haus fertig, Georgette konnte die Pläne auf der Granitplatte ausbreiten.

Ein gutes Omen, diese stabile Unterlage für etwas, was erst im Kopf lebt, dachte sie. Blinzelten ihr die Glimmer-Einschlüsse im grauen Granit zu?

Tentori beugte sich über die Pläne. Er hatte noch nie etwas von »Bauhaus« gehört, doch er zeigte sich angetan von diesem neuartigen Entwurf: »lichtdurchlässig, schlicht«.

Besonders die Terrassen gefielen ihm.

»Es sind Sonnenfänger«, sagte er versonnen, »sie müssen schweben.«

Dann machte er Vorschläge für ihre Statik, schlug einen Bodenbelag aus Holzriemen vor, aus dem Eichenholz des nahen Waldes.

»Der Sicherheit wegen braucht es ein Gitter ...« Er warf eine Skizze auf Packpapier. »Ich könnte es in meiner Werkstatt anfertigen. Es muss durchsichtig sein: nur aus Luft bestehen und einem klein bisschen Eisen ...«

Georgette sah jetzt die Terrassen vor sich, sie verliehen den Kuben des Hauses Flügel. Dann sagte sie entschlossen: »Tentori, ich möchte Ihnen die Bauleitung anvertrauen.«

Er war nicht erstaunt über ihr Angebot.

»Gut, wann legen wir los?«, fragte er nur.

Sie lächelte über seinen Eifer. Sagte dann mit Bedauern: »Ich bin leider die nächsten Monate in der französischen Schweiz. Ich besuche in Yverdon eine Schule für Gartengestaltung. Wissen Sie, ich möchte unserem Eichenwald auf Sciaredo einen Garten abtrotzen: Blumen pflanzen und für meine Küche Gemüse ziehen! Läden sind ja von Sciaredo aus schlecht erreichbar!«

»Gärten? Keine schlechte Idee«, meinte er.

Sie nickte. Und fragte Tentori dann: »Wäre es Ihnen möglich, während meiner Abwesenheit weitere Einfälle, die unser Projekt betreffen, schriftlich durchzugeben?«

»Ich schreibe gerne meine Gedanken nieder«, sagte er.

Die Briefe, die nun wöchentlich hin und her flogen, waren von Luigi in fester Schrift geschrieben: die schräg gestellten Buchstaben schienen der Briefempfängerin entgegenzueilen. Und von den Sachfragen glitten sie erstaunlich schnell ins Persönliche.

Schon in der ersten Woche hatte sie Tentori gebeten, das *cara Signorina* wegzulassen, sie sei Georgette oder schlicht Geo, basta!

Und sie dürfe wohl Luigi sagen? Gleichaltrige seien doch besser per Du.

Luigi gefiel der kurze Name Geo, der im Italienischen weich klang mit dem G, das Dsch ausgesprochen wurde.

Georgette zeichnete mit dem Kürzel auch ihre Handpuppen: Atelier Geo.

Wenn sie jetzt in Yverdon an das ungeborene Haus dachte, sah sie im Geist Luigi Tentori auf der Dachterrasse an seinem Granittisch mit ihren Plänen. Er, der südlich des Gotthards geboren war, verlieh den südlichen Hausträumen so etwas wie Standfestigkeit. Er, der Weinbauer von Sciaredo, kannte wie kein anderer das Erdreich, in dem ihr Haus festen Halt finden sollte.

Ende Januar kehrte Georgette für eine Woche nach Barbengo zurück. Es waren milde Tage, eine Luft wie im Vorfrühling, Georgette und Luigi stiegen nebeneinander hinauf nach Sciaredo.

»Siehst du, Luigi«, sagte sie, »hier, den Weg entlang, möchte ich Oleander-Büsche.«

Er nickte. »Neben eurem Palazzo Triulzi stehen Bäume mit Blüten von intensivem Rosa. Ich werde Setzlinge von den Bäumen schneiden. Man steckt sie in eine Wasserflasche und bis du zurück bist von der französischen Schweiz, haben sie kräftige Wurzeln gebildet.«

»Oh, du wirst sie pflanzen, nicht wahr?«

»Wann wirst du denn zurück sein, Geo?«

»Es wird bis März dauern.«

»Ich sehne mich nach Dir, Geo, ich sehne mich nach der Arbeit für das Haus.«

»Ich weiß, Luigi, es ist alles eine Geduldsprobe für dich. Aber ich möchte dir heute, am 21. Januar, ein Geheimnis sagen! Es soll unser gemeinsames Haus werden. Ich weiß, du wirst dich niemals getrauen, um meine Hand anzuhalten, weil du meine Herkunft für zu vornehm hältst. Du aber bist vornehm in deinem Herzen. So mache ich heute, am 21. Januar, dir einen Antrag: Ich liebe dich, Luigi. Ich möchte dich heiraten!«

Luigi ging jetzt auf die Vierzig zu und war noch mit keiner Frau zusammen gewesen. An einsamen Abenden hatte er sich tausendmal vorgestellt, wie das sein könnte mit einer geliebten Frau.

Auch Georgette war noch unberührt. Für beide tat sich an diesem 21. Januar ein Märchen auf. Sie blieben unter einem Tulpenbaum sitzen, obwohl das Gras noch gesprenkelt war von Schnee, sie achteten nicht auf die Kälte, küssten sich.

»Werden wir wirklich Mann und Frau werden, Geo, meinst du das wirklich?«

»So wird es sein, Luigi. Wir werden im selben Bett schlafen und einander im Winter wärmen.«

Er drückte ihre Hand, betrachtete sie mit strahlenden Augen. »Wir werden vielleicht noch Kinder haben, Geo«, sagte er.

Als Geo Ende März aus der Westschweiz nach Barbengo zurückkehrte, entstand auf dem Hügel Sciaredo neues Leben. Unter Luigis Leitung begannen die ersten Arbeiten. Vater Klein kam den steilen Weg hinauf und freute sich über die Begeisterung, mit der Tentori und seine Arbeiter ans Werk gingen.

Nur Frau Direktor Klein, die Winterthur dem Tessin als Wohnort vorzog, reagierte aufgescheucht. Sie schrieb ihrer Tochter:

»Was soll das mit diesem Handwerker Tentori, es heißt, ihr seid per Du?«

»Wir arbeiten zusammen, Maman. Es wird mein und Luigi Tentoris Haus.«

»Um Himmelswillen, Du willst ihn doch nicht etwa heiraten? Du, eine studierte Frau aus guter Familie, und er? Was hat er, was kann er?«

»Er weiß andere Dinge als ich, Maman. Ein Studium, wie ich es gemacht habe, bildet den Intellekt, aber was ist mit Herz, Hand und Körper? Luigi ergänzt mich. Er ist Praktiker und zugleich Poet: Er sieht die Seele in den unbelebten Dingen. Ein kluger, ehrlicher und schöner Mann, Maman.«

»Schon gut dies alles, Georgette. Du bist einsam. Aber warum gleich heiraten?«

»Ohne Heirat könnten wir in diesem Tessiner Dorf nicht zusammenleben.«

»Und dieser Dörfler hat wirklich die Dreistigkeit gehabt, um Deine Hand anzuhalten?«

»Nein. Ich habe um seine Hand angehalten, Maman.«

»Georgette, ich werde nichts für dieses Haus bezahlen. Auch Papa ist indigniert, du wirst enterbt! Zu Eurer Hochzeit? Komme ich nicht!«, sagte die Mutter voll Bitterkeit.

Luigi hatte in Barbengo nur noch seine Mutter und zwei ältere Geschwister.

Georgette und er heirateten ohne Klimbim, nach der Kirche saß die kleine Gesellschaft in einem Waldgrotto oberhalb Barbengo. Es gab Wein aus der Gegend und warme Kastanien als Hauptspeise.

Luigis ältere Schwester hieß Giudetta, in der Familie wurde sie einfach Ditta gerufen.

Ihre vierzig Lebensjahre hatte sie immer in Barbengo bei der Mutter verbracht, ihr Gesicht erschien der Puppenschnitzerin Georgette rundlich und kindlich, ungeprägt von Lebenseindrücken. Ihre Auffassungsgabe und ihre Bewegungen waren langsam.

Als Ditta die blonde Georgette das erste Mal hinter ihrem Haus am Steintisch sah, hatte sie die *straniera* angestaunt wie ein Wesen von einem anderen Stern: die hellen Haare, die Bluse, die ausladende lange Männerhose, der schlanke, fast knabenhafte Wuchs.

»Signorina?«

»Bitte Giudetta, sage nicht Signorina zu mir.«

Das alte Mädchen schluckte »Also, Mutter lässt ausrichten, sie hat ein Stück Rindfleisch in Rotwein geschmort, Luigis Lieblingsspeise. Mögt Ihr mit uns essen, Signorina, äh, Georgette?«

»Oh, vielen Dank. Ich bin aber Vegetarierin.«

Ditta blickte hilfesuchend zu Luigi. »Das heißt, Georgette isst kein Fleisch«, erklärte Luigi seiner Schwester.

»Dann ein bisschen Gemüse?«

»Natürlich, gern!« Georgette stimmte zu, um Luigis Mutter einen Gefallen zu tun.

Die Mutter zeigte denn auch Freude, die *straniera* am Tisch zu haben und unterhielt sich eifrig über den Hausbau.

Als Luigi kurze Zeit hinausging, sagte sie schnell zu ihrem Gast: »Luigi kennt alle Handwerker in der Gegend. Doch er ist der beste von allen, die anderen respektieren ihn.«

Nach dreieinhalb Monaten stand das Haus, zum Erstaunen aller, schon im Rohbau.

Luigis Mutter fand: Ihr habt viel gearbeitet und wohl kaum noch Zeit zum Kochen gehabt, ich schicke Ditta mit einem Korb Essen zu Euch auf den Hügel.

Als Ditta an einem warmen Tag in ihrem langsamen Trab oben auf Sciaredo ankam, machten alle schon Mittagspause, zwei Arbeiter schliefen am Stamm einer Eiche, von einem Blütenbaum schwebten weiße Blütenblätter durch die Luft. Der eine der Schläfer erwachte, deutete hinauf zur Dachterrasse: Die Sciora und Luigi machen ihre Siesta dort oben!

Giudetta ging mit ihrem Korb eine steile Treppe hinauf, auf der Terrasse lag Georgette schlafend in einem dieser neuartigen Liegestühle, solche Möbel hatte Ditta bis jetzt bloß in einer Zeitung abgebildet gesehen. Es ist wohl zu kurz für die lange Frau, dachte sie, sie liegt darin wie zusammengestaucht, die Beine, in kurzen Jungenhosen, angewinkelt!

Luigi, er in einem normalen Stuhl, schlief daneben. Als Ditta mit dem Korb nahte, öffnete er die Augen und schnupperte: Mmmh, Mutters Sonntagsbraten!

Er gab der Schwester ein Zeichen, Georgette schlafen zu lassen. Dann holte er Teller und begann, hinten auf dem Steintisch von Mutters Braten zu essen.

»Komm, der zweite Teller ist für Dich, Ditta.«

»Und Georgette?«

»Sie hat schon ihr Gemüse gegessen.«

Georgette und Luigi beschlossen im Herbst, die Kuben des neuen Hauses in leuchtendem Gelb zu streichen, von Weitem, inmitten des Grüns, sahen sie goldfarben aus. Georgette freute sich über die Wirkung.

Im Oktober 1932 schrieb Georgette Tentori-Klein an ihre Mutter: »Dieses Haus, das ich zusammen mit Luigi gebaut habe, ist wie ein Kleid, das mir passt. Haus und Land gehen ohne Zaun direkt in die Landschaft über.«

Die Jahre des ersten Zusammenseins von 1932 bis zum Beginn des Zweiten Weltkriegs, waren glücklich. Georgette übernahm mit großer Energie alle Arbeiten, die Haus und Garten in Sciaredo erforderten.

An einem Oktobertag, der Föhnwind brachte beinah sommerliche Wärme zurück, kam der Gang nach Sciaredo hinauf Ditta beschwerlicher vor als sonst. Als sie endlich zur Siestazeit ankam, schlief das Paar wie üblich oben auf der Sonnenterrasse, Luigi lag nun ebenfalls in einem dieser modernen Liegestühle.

Diesmal ließ der Bratenduft ihn nicht gleich erwachen.

Ich lasse die beiden noch etwas ruhen, dachte Giudetta.

Auf dem Steintisch lag ein Ordner mit Georgettes Bleistift-Zeichnungen. Luigis Schwester blätterte darin, meist waren es Ansichten des neuen Hauses, manchmal auch Skizzen von selbst gewebten Vorhängen und Kissen.

Dann stutzte sie plötzlich: Auf einem Blatt lag Luigi nackt im neuen Liegestuhl.

Liebevoll, mit zartem Strich, hatte Georgette seine Männlichkeit gezeichnet. Ditta hatte in ihrem Leben noch nie einen Mann ohne Beinkleider gesehen, sie erschrak, schloss mit pochendem Herzen den Ordner.

Als der Herbst graue Nebelfetzen um den Hügel legte, fand Geo wieder zurück zu ihren Holzskulpturen. Sie sah jetzt nicht nur Sinn in all ihren Tätigkeiten, sie wurde darüber hinaus beschenkt mit einem Füllhorn von neuen Einfällen.

»Diese Krippe mit den Kerzenträgern aus verschiedenen Ländern ist in einem Zeitungsartikel gelobt worden, Luigi. Soll ich wohl noch einige machen? Jede natürlich anders?«

Luigi fand die Idee gut, er brachte die Krippen im November in Kunsthandwerkläden nach Ascona und Lugano. Kaum standen sie dort in den Auslagen, waren sie schon verkauft. Das freute Georgette, es war nicht so sehr des Geldes wegen, das sie und Luigi gut brauchen konnten, sie freute sich über das Vertrauen, das Menschen in ihre Arbeit hatten.

Doch wie war das neue Leben für Luigi?

Konnte er helfen, die Einfälle seiner Frau umzusetzen, war er wie beim Hausbau mit Begeisterung dabei, so entstanden für die Bibliothek Regale und Arbeitstische aus hellem Holz. Luigi sorgte auch in Georgettes Atelier für die nötigen Werkzeuge.

Manchmal blieb Tentori zwei Tage unten bei seiner Mutter, sie war gebrechlicher geworden, doch machte sie für ihn immer noch den in Rotwein geschmorten Braten. Kam er eine Weile nicht, dann trug Ditta Luigis Fleischportion hinauf auf den Hügel.

Nach den eher sorglosen Dreißiger- kamen die Vierzigerjahre, die Deutschen hatten Frankreich erobert, im nahen Italien verband sich Mussolini mit dem Aggressor Hitler.

Der Zweite Weltkrieg, das war in den Nachrichten aus dem Radio und aus persönlichen Berichten zu erfahren, brachte Unheil und Not. Im südlichsten Zipfel des Tessins, wo man sich den Menschen jenseits der Grenze immer schon verwandt und nahe gefühlt hatte, griff Angst um sich. Man ließ neue Projekte ruhen, wartete monate-, ja jahrelang auf den Frieden. Die Lethargie lähmte alle Initiative.

Georgette zog sich oft in ihre Bibliothek zurück zu ihren deutschsprachigen und französischen Büchern, sie las über Friedenspolitik und Utopien, notierte ihre Gedanken in ein Tagebuch. Oft saß sie stumm am Tisch neben Luigi und dachte über alles nach, diese Dinge, die sie beschäftigten, waren ihrem Ehemann fremd. Luigi blätterte in einer Zeitung, da sah er Kriegsbilder, die ihn an die Schlachtfelder vom Ersten Weltkrieg in Frankreich erinnerten, als er dort ein junger Soldat war, der Schrecken von damals holte ihn ein.

»Geo, meine Liebe, verstehst du, warum es wieder Krieg gibt?«

Geo las soviel in ihren Büchern, doch sie schüttelte den Kopf. Sie konnte es weder sich noch Luigi erklären.

Luigi hatte Depressionen, sie verschlimmerten sich.

In der winterlichen Abgeschiedenheit von Sciaredo kam es ihm vor, er sei unnütz geworden. Dass man ihm 1940 sein Amt als Elektriker gekündigt und weggenommen hatte, empfand der aus Italien Eingewanderte als Verletzung seiner Persönlichkeit, es verdüsterte seine innere Welt. Er brütete am Fenster vor sich hin, behauchte die kalte Scheibe, während er nach draußen blickte.

Keine Menschenseele kam vorbei, eine Stille breitete sich aus, als halte die Welt den Atem an.

Manchmal stieg er nach Barbengo hinunter, wohnte ein paar Tage in seinem Vaterhaus. Von der Küchenbank aus sah er zu, wie die Mutter wie eh und je vom Küchenschrank zum Herd wieselte, vom Herd zurück zum Schrank, sie war trotz ihrer Rückenschmerzen noch viel in Bewegung, und auch Luigis Rindsbraten gelang trotz ihrer verkrüppelten Hände.

In einer der kalten Winternächte hörte die Mutter auf zu atmen. Sie hatte gewusst, war Luigi im Haus, konnte sie es sich erlauben zu sterben, ihr Sohn war ja da und würde für alles besorgt sein. Auch wenn er die Betschwestern der Pfarrei nicht ausstehen konnte, rief Luigi den Pfarrer, dieser holte die Leidfrauen, die, wie in Barbengo üblich, bei der Verstorbenen den Rosenkranz beteten. Ja, die Mutter hatte sich in Luigi nicht getäuscht, alles nahm seinen würdigen Gang.

Doch Luigi sah fortan beim erkalteten Küchenherd den Tod sitzen. Das Zwinkern in seinen Augen hieß: Du wirst der Nächste sein.

Von nun an mied er Barbengo. Er ging lieber von Sciaredo aus nur ein Stück hinab, nahm dann auf halber Höhe den vom Frost verkrusteten Karrenweg und gelangte auf der Rückseite des Hügels zu seinem ehemaligen Eigentum, dem Weinberg. Er hatte diesen Weinberg einst mit Stolz und Liebe gepflegt, nach seiner Heirat verkauft, da es in Sciaredo viel Arbeit gab und sie Geld brauchten.

Luigi prüfte erst den Zustand der winterlichen Reben, die jetzt einem anderen gehörten, kehrte dann nebenan in den einfachen Gasthof ein. Meist saß er stundenlang in der fast leeren Gaststube, saß da vor einem Liter von diesem roten, nach seiner Erde schmeckenden Wein. Seine Schwester Giudetta half in der Wirtsstube aus, eine Freundin aus Barbengo hatte den unrentablen Gastbetrieb übernommen. Wenn Ditta ihren Bruder vor dem Weinglas sah, schob sie ihm mittags einen Teller mit Fleisch und Kartoffeln zu. War das Wetter schlecht oder hatte Luigi mehr als sein übliches Maß getrunken, verwehrte ihm Ditta den Aufstieg im Dunkeln zu seinem, wie sie sagte, hochgelegenen Castello. »Der Weg ist gefährlich, bleib besser hier über Nacht!« Man gab ihm ein Zimmer, manchmal blieb er dann eine ganze Woche, versuchte sich bei der Wirtin nützlich zu machen mit kleinen Reparaturen, wenn eine Holztür klemmte oder wenn einer der Dachbalken den Regen einließ.

Stieg er an einem Morgen dann mühsam wieder hinauf nach Sciaredo, nahm Georgette nicht groß von ihm Notiz, sie stellte ihm einfach mittags einen zweiten Teller hin mit gekochtem Wintergemüse, das sie für sich zubereitet hatte. Nach der Siesta zog sie sich zurück in ihr eigenes Leben. Trat er zu ihr in die Bibliothek mit den von ihm gezimmerten Möbeln, blickte sie auf: »Nun, was willst du, Luigi?«

»Nichts.« Er lächelte schmal.

Nach einer Weile stand er immer noch da.

Er heftete seinen Blick auf Georgette, das von ihr selbst geschnittene helle Haar klebte wie Vogelfederchen um ihren Kopf. Die Sorgenfalten auf der Stirn und die nun starr blickenden stahlblauen Augen erstaunten ihn.

Sie hat sich wohl in einen Mann verwandelt, dachte er.

Er wollte es ihr sagen, doch mit verbissenem Ehrgeiz wandte sie sich schon wieder ihren Plänen zu.

Luigi wurde krank. Ein paar Wochen lag er mit einer Hirnhautentzündung im Spital. Als er zurückkam nach Sciaredo, waren seine Nerven außer Kontrolle geraten, seine Glieder zuckten, er hatte Sprachstörungen. An den Abenden überfielen ihn Ängste, in seiner Not rang er um Wörter, redete wirr vor sich hin. Einmal schoss er mit dem Jagdgewehr in das Feuer des Kamins. Georgette hatte im Dorf vernommen, dass Luigis Bruder in der Nervenheilanstalt Mendrisio war, und auch Ditta werde zuweilen für Wochen dort interniert. Georgette kümmerten diese im Dorf herumerzählten Geschichten nicht, sie nahm sich vor, in ihrem gemeinsamen Haus für Luigi zu sorgen. Er durfte abends mit seinen Panikanfällen nicht allein gelassen werden. So ließ sie die Bibliothek und ihre angefangenen Kunstwerke ruhen, setzte sich geduldig Abend für Abend neben ihren Ehemann, redete ihm zu, bis er sich beruhigte.

Luigi starb im Jahr 1955.

Danach blieben Georgette noch acht Jahre, ihre Arbeit an den Holzskulpturen wieder aufzunehmen. In der Einsamkeit gelangen ihr besonders ausdrucksstarke, meist abstrakte Werke.

»Doch mein Hauptwerk ist dieses Haus«, sagte sie zu ihrer Schwester Marcelle. »Ohne Luigi Tentori wäre es nicht entstanden, diese Ehe war das Beste, was mir geschehen konnte!«

Die beiden Schwestern tranken auf der oberen Terrasse Kaffee, viel Luft und Licht war an diesem Märztag um sie, und es beflügelte Georgette, an die Zukunft ihres Hauses zu denken:

»Liebe Marcelle, das erste Tessiner Wohnhaus ›im Stil der neuen Sachlichkeit‹ soll nach meinem Tod einen besonderen Zweck erfüllen! Öffnen wir es in Zukunft für Künstler, sei es für Kurse und fachliche Weiterbildung. Mit seiner einsamen Lage in luftiger Höhe ist es auch wie geschaffen für Atempausen, die Kreative zum Nachdenken und zum Schöpfen neuer Ideen so nötig haben!«

Dada-Sommer im Tessin
Hugo Ball, Emmy Hennings, Ziehtochter Annemarie und der junge Friedrich Glauser

Dada, Zürich 1916

Es war Neujahr 1916, und der Erste Weltkrieg war ein einziges infernalisches Massaker geworden. Deutschland, das sich so viel vom Kampf versprochen hatte, war dabei, ihn zu verlieren.

Ein ganzes Denksystem ging bankrott: Eigennutz, Militarismus, Brutalität. Stundenlang saßen die aus Deutschland nach Zürich geflohenen Emigranten im »Terrasse« und im »Odeon«, entwarfen Pläne für eine bessere Welt. Hugo Ball notierte in sein Tagebuch: »Die Schweiz ist die Zuflucht aller, die einen neuen Grundriss im Kopf haben.«

In einer Künstlerkneipe, einem Gedankenlabor, wolle er konfrontieren, schockieren, mitreißen! So wurde am 5. Februar 1916 an der Spiegelgasse 1 das Cabaret »Voltaire« eröffnet.

Hugo Ball, hager, ein bisschen linkisch, spielte zur Eröffnung am Flügel Ravel. Sprach Sätze aus seinem »blasphemisch-mystischen-phantastischen Roman«, der später *Tenderenda* heißen sollte. Als Protest gegen den Krieg folgten Lautgedichte: »Assoziationen gegen die Klischees, die

65

Kriege erst möglich machen!« Begeistert von der Sprache des Erbfeinds, rezitierte er mitten im Krieg den französischen Dichter Rimbaud, Russen sangen zur Balalaika, Tzara las auf Rumänisch.

Am meisten Eindruck jedoch machte Hugo Balls Lebensgefährtin Emmy Hennings, wenn sie mit kalkweiß geschminktem Gesicht zu singen begann:

So sterben wir, so sterben wir,
Und sterben alle Tage,
Weil es sich so gemütlich sterben lässt.
Wir danken dir, wir danken Dir Herr Kaiser für die Gnade,
dass du uns zum Sterben erkoren hast …

Emmy rezitierte auch eigene Gedichte, »das schmale, von Morphin zerstörte Gesicht wirke dabei verloren«, berichtete eine holländische Zeitung.

Am Ende dieses kräfteverschleißenden Dada-Winters starb Emmys Mutter in Flensburg. Sie hatte bis zuletzt Emmys Tochter aus einer früheren Beziehung aufgezogen, mit Hilfe von Bekannten kam das Kind in Zürich an.

»Ich habe eine hübsche Tochter bekommen, neun Jahre alt, Ungarin von Vaterseite«, berichtete Hugo stolz. »Sie nennt mich Steffgen, das ist kleiner Sohn des Teufels.«

Kaum versank Hugo lange nach Mitternacht in seinen Träumen, schrillte schon der Wecker, denn Annemaries Schule in Zürich begann um Sieben in der Früh.

Gegen Sommer hielt Hugo die Anspannung nicht mehr aus, er sehnte sich nach Ruhe. Leonhard Frank hatte ihm als Rückzugsort das damals preisgünstige Tessin empfohlen.

»Lieber Tzara, Vira-Magadino ist schöner als Zürich, Dada und alle verwandten Themata …«

Ball hatte am Vorabend auf der Bühne noch seinen magischen Bischof gespielt, nun, nach der langen Reise ins Tessin im Juli 1916, lag er erschöpft auf dem Uferkies des kleinen Fischerdorfs, die rechte Hand auf dem stechenden, gehetzten Herzen.

»Steffgen, steh jetzt auf«, sagte die kleine Ziehtochter. »Hier ist es so schön, vielleicht sind wir wie Robinson auf der Papageieninsel gelandet?«

Ein junger Fischer kam vorbei, fragte: »Camera?«

Ball nickte.

Der junge Mann führte die beiden zu einem Gasthaus, dessen Garten zum See hinab ging.

Die Wirtin hörte heraus, dass Ball ein Buch schrieb, länger zu bleiben gedenke, dass alles nicht viel kosten sollte!

»Sie dürfen sich ausnahmsweise in der Küche selbst versorgen, nur das Nachtessen koche ich«, sagte die Wirtin in gebrochenem Deutsch.

Hugo und das Kind sitzen als einzige Gäste in dem gewölbeartigen Saal, das Essen steht bereit. Annemarie entdeckt den Pudding. Angetan von der wackeligen Süßspeise erreicht sie bei Hugo, dass sie ihn sofort, noch vor der Suppe, essen darf!

»Bleibt dir dann noch Appetit?«, fragt die Wirtin.

»O ja«, beteuert das Kind. »Von jetzt an möchte ich immer in dieser Reihenfolge essen, den Nachtisch zuerst …«

»Wann kommt die Mama?«, fragt die Wirtin.

»Ungefähr in einer Woche«, sagt Ball.

Als Emmy einige Tage später ins Tessin nachkam, war sie entzückt von Magadino, dem Strand, der kleinen Pension.

»Können wir uns das leisten, Hugo?«

Hugo bejahte. »Ein paar hundert Franken sind angekommen, Vorschuss vom Reiß-Verlag, der *Flametti*, den Variété-Roman, drucken will.«

Er sagt es mit Stolz und der Überzeugung, dass das Geld ewig reichen werde.

Nach Emmys Ankunft verwandelte das Mondlicht Garten und Strand in eine unwirkliche Landschaft.

Sie gingen untergehakt zu dritt spazieren. Das Kind nannte das »Mondgehen«.

An diesem Abend waren sie alle drei neu auf der Welt.

Für das Kind war neu, nach dem Leben bei der Großmutter eine echte Mutter und einen Ziehvater zu haben.

Für Hugo war neu, nach seiner Leidenschaft für einen Mann nun mit einer Fast-Ehefrau und einem Kind zu leben.

Und Emmy vertraute sich nach so vielen Liebhabern und Freiern dem asketischen Hugo Ball an und war entschlossen, in dieser schützenden Gemeinschaft Gedichte und Romane zu schreiben.

Am nächsten Morgen fand das Kind an der Trockenmauer hinter dem Strand eine Schlangenhaut, durchsichtig, hauchdünn bewegte sie sich im Wind, die Form des Schlangenkopfs war deutlich zu erkennen.

»Was macht die Schlange ohne ihr Kleid?«, fragte Annemarie ihren Ziehvater. »Muss sie sterben?«

»Nein. Es ist ihr unter der alten Haut schon eine neue gewachsen.«

»Und wenn die neue Haut nicht mehr passt?«

»Sie häutet sich immer wieder, und jedes Mal passt die neue Haut besser.«

Emmy, die aus dem Wasser gestiegen war und das Gespräch mitangehört hatte, lächelte.

»Auch du hast ja deine Häutungen, Hugo, nicht wahr?«

Hugo stimmte zu. »Ja, viele Ichs, die ich nach und nach abstreifen kann.«

Und er dachte daran, wie er vom Kriegsbegeisterten zum Kriegsgegner geworden war, vom Geliebten des Schriftstellers Leybold zum Liebhaber der Emmy Hennings, vom Dada-Kabarettisten zum schwierige Themen bearbeitenden Schriftsteller und Sinnsucher …

»Doch unter den vielfältigen Schichten des Ichs, Emmy, ist der wahre Kern des Menschen, der darf nicht korrumpiert werden.«

»Und was macht diesen Kern aus?«, fragte sie.

»Seele, Frieden, Vertrauen, Achtung, Freiheit und Glauben«, antwortete er.

Die Balls hatten von Emmys Mutter ein Häufchen Geld geerbt und wohnten drei Wochen dieses Sommers im Hotel Suisse in Magadino. Doch mit zunehmender Wärme schmolz das kleine Vermögen, und Hugo dachte daran, den Hochsommer in den Bergen zu verbringen, er träumte von gesömmertem Vieh und glücklichen Sennen, die Milch und Käse günstig abgaben. Oberhalb von Maggia, auf der Alp Brusada, konnten sie eine Hütte pachten, man gab ihnen auch ein Zicklein in Pension, das ihnen Milch liefern würde.

Der junge Schriftsteller Friedrich Glauser, den sie in Zürich kennen und schätzen gelernt hatten, wollte sich ihnen anschließen. Weit weg von seinem autoritären Vater und den Versuchungen des Konsums und der Drogen würde der Begabte sein Schreibtalent für Kriminalromane entfalten können.

Der Aufstieg zur Alp war lang und mühsam.

Alle trugen schwer, sogar Annemarie schleppte einen Rucksack mit Schlafdecken. An einer Steilhalde riss sich die kleine Ziege, von Emmy Kandidja genannt, von der Leine los, Hugo, mit der schweren Gerla, dem hohen Tragkorb, auf dem Rücken hielt verzweifelt nach ihr Ausschau.

»Rasten wir doch einen Moment«, schlug Emmy vor.

Nach einer Verschnaufpause stiegen Hugo und Glauser hinauf zu einer Schutthalde. Da meckerte es fröhlich, die weiße Ziege Kandidja stand auf einem Vorsprung, als wollte sie sagen: »Nun kommt ihr endlich auch!«

Hinter ein paar Steinbrocken, die ein natürliches Eingangstor bildeten, lag in einer grünen Mulde die Hütte. Sie war noch nie bewohnt worden. Die Besitzer, die einer Freikirche angehörten, hatten sie gekauft, um die von ihrem Prediger angekündigten letzten Tage der Menschheit hier zu verbringen. Da man die Tage noch in weiter Ferne wähnte, gab es hier weder Tisch noch Stühle, Glauser organisierte Baumstämme als Sitzgelegenheit, Emmy trennte mit Tüchern die Schlafbereiche ab.

Der Berghimmel blieb blau, geschrieben wurde draußen. Emmy, das Heft auf den Knien, saß unter einer Kiefer, Glauser hatte sich hinter die Hütte verzogen. Seltsam, dass die Ziege Kandidja nur immer ihm Gesellschaft leisten wollte!

Emmy kam dahinter, dass er seine Blätter heimlich mit Salz bestreute und sich köstlich amüsierte, wenn sie seine Entwürfe über die Wiese davontrug, es waren Übersetzungen von Léon Bloy und anderen französischen Philosophen. Die Kriminalromane, die ihn später berühmt machen sollten, waren vorerst noch in seinem Kopf.

Das Alpleben wurde eintönig. Und nicht nur Kandidja war stets auf der Suche nach etwas Essbarem, auch für die Menschen wurden die Lebensmittel knapp. Brot, Käse und Trockenfleisch sollten alle paar Tage im Dorf Maggia geholt werden, doch niemand machte sich gerne auf den mühsamen Weg ins Tal. Um den Hunger zu zügeln, trank man Kaffee – Emmy hatte drei Kilopakete Kaffee heraufgeschleppt und rauchte abends Hugos Zigaretten der Marke Philo. Glausers Unrast hingegen kam eher von seinem Bedürfnis nach Äther oder einer Spritze Morphin, Tröstungen, die unerreichbar waren, Hugo hatte sie ihm schon Emmys wegen strikt verboten. Trotz der Entbehrungen gingen Glauser die Ideen nicht aus: Sonntags stieg er auf einen Balken der Hütte und predigte. Und während auf die Köpfe der Freunde Moralsätze prasselten, ließ er auf die Ziege ein Briefchen Salz rieseln. »Unser Rimbaud«, nannte ihn Emmy und schrieb: Wenn er uns anpredigte, hatte er das Aussehen eines Engels und eines kleinen Rowdys zugleich. Man lachte viel. Mittags setzte man sich unter dem blauen Zelt des Berghimmels zusammen und verzehrte die einfachen Köstlichkeiten, die Hugo am Vortag mühsam aus dem Tal heraufbefördert hatte. Ach, man hatte das nicht vorausgesehen, auch auf tausendzweihundert Metern Höhe brauchte der

Mensch, um zu leben, Geld! Glauser schrieb später, er habe die selbstgewählte Einsamkeit aufgeben müssen, weil Hugo die Mittel ausgingen, um alle zu ernähren.

Doch es schwelten da Konflikte, schwer zu sagen, wo sich in der Stein- und Scheinidylle die Schlange versteckte. Wer verführte wen? Was war geschehen, dass es plötzlich aus war mit der Gemeinschaft und Glauser mit der aufgebundenen Schreibmaschine endgültig verschwinden musste hinter dem felsigen Portal der Alp?

Nach dem Aufenthalt auf der Brusada zog Hugo Ball im September 1917 nach Bern, wo er bei der »Freien Zeitung« mitarbeiten konnte. Er wollte nicht mit Dada, sondern mit intellektuellen Argumenten gegen die Kriegsmentalität angehen, 1919 erschien seine Streitschrift *Zur Kritik der deutschen Intelligenz.*

Am 21. Februar 1920 heirateten Emmy Hennings und Hugo Ball in Bern.

Darüber schrieb Emmy: »Es wäre für mich leichter gewesen, wenn ich einfach Hugos Freundin geblieben wäre, aber unser beider Schicksal war eins geworden, und obwohl der eine von uns Furcht vor dem Leben des andern hatte – da man ja sehr fürchten kann, was man liebt –, waren wir entschlossen, es miteinander zu wagen.«

Nach ihrer Heirat möchten sie im Süden der Schweiz wohnen, das Tessin bleibt noch für Jahre eine kostengünstige Destination. Und die Balls haben Glück, sie finden im Dörfchen Agnuzzo in einem alten Palazzo eine Unterkunft! Der Wohnraum hat einen offenen Kamin für kalte Abende, für warme Frühlingstage eine hohe Zimmerdecke, mit Schwalben bemalt, die Emmy sehnsüchtig davonflattern sieht nach Süden, wo der See zwischen Uferstämmen blitzt. Eine lange Granittreppe führt in den Garten mit den Feigenbäumen. Auf der untersten Steinstufe sitzt meist die Ziehtochter, nun Annemusch genannt, sie füllt ihre Zeichenblätter mit den Farben einer Anderswelt.

Hugo und Emmy, Skizzenblätter auf den Knien, trinken Kaffee und notieren Ideen für mögliche Bücher. Emmy hat sich mit ihrem asketischen Hugo an das einfache Leben gewöhnt, nein, keine Drogen mehr, nur die Weglaufsucht bleibt, dagegen liest sie unter der Schwalbendecke indische Geschichten von Hermann Hesse. Den Dichter haben sie noch nicht kennengelernt, obwohl er ganz nah wohnt, oberhalb des Waldes, in Montagnola.

Das Dreigestirn
Hermann Hesse, Emmy und Hugo Ball

Seit September 1920 wohnten Emmy und Hugo Ball in dem kleinen Dorf Agnuzzo bei Lugano, doch dem Dichter Hermann Hesse, der unweit von ihnen in Montagnola lebte, waren sie noch nie begegnet. Mit Begeisterung hatten sie seinen *Demian* gelesen, auch den Vorabdruck des ersten Teils von *Siddhartha* in der *Neuen Züricher Zeitung*.

Am Abend des 2. Dezember, als Emmy und Hugo Ball bei dem astrologische Studien treibenden Ingenieur Englert in Cassarate eingeladen waren, war auch Hesse unter den Gästen.

Der Gastgeber wollte nicht aufhören, über die Bedeutung der Sterne zu sprechen, aber Emmys Blick wanderte immer wieder hinüber zu Hermann Hesse. Sie hatte sich den Dichter, der schon berühmt war, mit einem Bart vorgestellt, nun war er nach neuester Mode glattrasiert und wirkte auf die Balls, beide Mitte dreißig, mit seinen bald vierzig Jahren erstaunlich jung. Er saß an dem Tisch aus Kastanienholz, den rechten Arm aufgestützt, halb hörend, halb nach innen horchend.

Später, beim Wein, wechselte man ein paar Sätze. Die Balls erfuhren, dass der Dichter nach der Veranstaltung noch zu Fuß hinauf in sein Hügeldorf müsse.

»Wir haben ein Stück weit denselben Weg«, stellte Hugo Ball erfreut fest.

Als sie aus Englerts Haus traten, war Mitternacht vorüber, der Nachtwind blies kühl.

Schnell gewannen die Wanderer an Höhe. Als die letzten Häuser unter ihnen lagen, blieben sie einen Moment stehen und blickten hinab auf die Lichter der Stadt Lugano. Hesse schlug vor, mit einer Abkürzung das nächste Dorf zu umgehen, es war ein schmaler Hohlweg an dunklen Gärten vorbei.

Emmy begann ein Lied zu singen, die Melodie stieg dünn und klar an, getragen von ihrer rauen, knabenhaften Stimme. Hesse erinnerte sich, dass Emmy früher im »Simplicissimus« und in anderen Münchener Kabaretts gesungen hatte, und stimmte in den Gesang ein, später, etwas zögerlich, folgte auch Hugo.

Da hielt Hesse plötzlich inne, zeigte hinauf: »Ein fallender Stern!«

»Ich habe ihn auch gesehen«, rief Hugo begeistert und stieß seine Frau an. »Wünsch dir etwas, Emmy!... Haben Sie auch einen Wunsch getan, Herr Hesse?«

Emmy biss sich auf die kalten Lippen. Verriet nicht, was sie sich wünschte: dass ihre Dreiheit andaure. Dass sie Freunde würden. Dass im winterlichen Tessin die Einsamkeit, unter der sie litt, auf diese Weise ein wenig gedämpft werde.

Hatten sie wohl mit vereinter Kraft alle dasselbe gewünscht?

Jedenfalls zog am frühen Nachmittag des nächsten Tages Hesse in Agnuzzo am Draht der altmodischen Türglocke.

Er komme nicht um zu stören, sei da, um rasch guten Tag zu sagen und um zu malen.

Die Staffelei? Er wolle sie drüben an den Waldrand stellen.

»Wir wollen doch zuerst zusammen Kaffee trinken«, schlug Emmy vor.

Sie ging in die Küche, doch der Kaffee war alle, es fehlten auch Brot und ein Stück Käse.

Da außerdem auch das Geld fehlte, ging Emmy hinüber zum Dorfladen und ließ anschreiben.

Hesse verschwand unterdessen mit seiner Staffelei.

Er kam erst um fünf Uhr nachmittags wieder, auf zwei Bildern, welche die Balls mit Entzücken betrachteten, leuchteten sienarote Dächer.

Da es schon dämmerte, bat Hugo den Maler zu einer kleinen Mahlzeit, Hesse brauche Stärkung für den steilen Heimweg, es werde nun, gegen die kürzeren Tage hin, früh kalt!

Während Emmy nochmals zum Dorfladen ging, um getrocknete Tomaten und Salami zu holen, führte Hugo den Besucher durch die Tür des schmalen, in die Hausreihe eingezwängten Palazzos. Der Flur und die Zimmer schienen eng, doch der Salon mit der bemalten Decke strahlte Herrschaftlichkeit aus. Als Hugo die Flügeltür zum Garten öffnete, entrang sich Hesse ein Ausruf des Staunens. Hier war plötzlich Weite, Blick und Herz gingen auf. War der See im Dorf nur zu ahnen gewesen, blitzte er nun ganz nah hinter perlgrauen Uferstämmen. Und drüben, hinter dem Berg von Caslano, ahnte man die norditalienische Weite!

Und dann nahm die lange Steintreppe, die über viele Stufen in die Tiefe des Gartens führte, Hesses Aufmerksamkeit gefangen.

»Was für eine ungewöhnliche Treppe!«, rief er.

Nach dem Essen rückte man die Stühle vor der Feuerstelle nah zusammen, rasch entspann sich zwischen den beiden Männern ein intensives Gespräch. Hesse meinte: »Wir beide erlebten im Krieg den sichtbaren Zusammenbruch des europäischen Geistes- und Seelenzustands. Nicht bloß die Erschütterung durch all das Morden und all die Not, sondern als Aufruf an das eigene Gewissen.«

»Leute, die ein bisschen Durchblick haben, müssen jetzt warnen«, sagte Ball. Und er zitierte Sätze aus seinem unlängst erschienenen Buch *Kritik der deutschen Intelligenz*.

Hesse im Gegenzug erwähnte seine offenen Briefe aus Bern gegen das kriegerische Kesseltreiben. »Bei vielen meiner Landsleute gelte ich seither als Verräter, das zwingt mich, unter dem Pseudonym Emil Sinclair zu veröffentlichen ...«

Unmerklich nahm das Gespräch eine persönliche Wendung.

Hesse gestand, an einem schwierigen Punkt seines Lebens angelangt zu sein. Erwähnte eine Schreibblockade nach dem ersten Teil der Dichtung *Siddhartha*. Sprach von gesundheitlichen Störungen: »Gliederschmerzen, Kopfweh, Augenprobleme. Passen Sie auf, Ball, wer in beinah ungeheizten Räumen unbeweglich am Schreibtisch sitzt, wird über kurz oder lang von rheumatischen Schmerzen heimgesucht!«

»Ich glaube, mein rechter Arm singt mir schon ein Lied davon«, gab Hugo mit gequältem Lächeln zurück.

»Doch was soll's, das Schreiben gehört nun mal zu meinem Leben ...«

Emmy war schon gestern bei Englert aufgefallen, wie ein-
fühlsam Hesse auf Gesprächspartner einging, sie hatte sich
vorgenommen, den Dichter um Rat zu fragen. Vom Dä-
mon in ihrem Innern wollte sie sprechen. Den Dichter zur
Lektüre ihres Buches *Das Brandmal* bewegen, er sollte Ein-
sicht bekommen in ihr Leben.

»Ich habe auch ein Buch geschrieben …«, warf Emmy in
einer Pause ein.

Doch die beiden Männer vor dem Kaminfeuer waren zu
sehr in ihren Gedanken versunken, um auf ihre scheue
Stimme zu hören.

»Ich habe auch, Herr Hesse …«

Hugo legte im Kamin ein paar Scheite nach, der Besucher schwieg nachdenklich.

Die Gastgeberin gab es auf, die Aufmerksamkeit auf sich
lenken zu wollen.

»Noch ein Gläschen Merlot, Herr Hesse?«

Und Hesse: »Ein Merlot, ein ehrlicher Landwein. Nach
dem Sitzen am Schreibtisch wird ein solcher Wein am
Abend zur Wohltat …«

Die Männer spannen sich jetzt immer dichter in ihren
Kokon ein.

Hesse, der sonst Verschlossene, gewährte Hugo, einem
Seelenverwandten, ungewöhnliche Einblicke: »Die omni-
präsenten trüben Gedanken, Ball. Gründe? Unlängst habe
ich mich von meiner psychisch kranken Frau und den drei
Kindern getrennt.«

»Ihrer Frau? Wie geht es ihr?«

»Man hat sie im Tessin in eine Heilanstalt eingewiesen.«

»Ach, das tut mir leid.«

Eine Weile blieb es still am Feuer.

Dann bekannte sich auch Hugo zu einer Art Flucht: weg von Dada. Weg auch von der Zeitkritik. »Ja, Hesse, Sie dürfen mich ruhig auslachen: Ich lese im Moment verschollen geglaubte Bücher über die byzantinischen Heiligen der Ostkirche.«

Hesse lächelte versonnen.

»Ich hingegen beschäftige mich mit fernöstlicher Weisheit.«

Die Zeit war vorgerückt, es ging gegen Mitternacht.

Der Besucher, der nur rasch hatte vorbeischauen wollen, um guten Tag zu sagen, war nun seit gut zehn Stunden da.

Emmy, Hugo und dieser Herr Hesse.

Drei Menschen, drei Einsamkeiten.

Hesse beharrte auf seinem Vorsatz, um Mitternacht noch den steilen Weg nach Montagnola hinaufzugehen.

So schlüpften die Gastgeber in ihre Mäntel, um ihn ein Stück zu begleiten. Sie nahmen oberhalb des Dorfes die steile Abkürzung durch den Kastanienwald, der Nachthimmel wölbte sich wie ein dunkles Tuch mondlos über den Baumkronen.

Der Weg verengte sich, er war jetzt so schwarz, als führe er bis ins Innere der Erde.

Diesmal war es Hesse, der zu singen begann.

Ein Lied von einem Hirten, wohl aus seiner Wandervogelzeit, vermutete Emmy.

Sie nahm die unbekannte Melodie mit sicherem Gespür auf, intonierte die zweite Stimme, eine Weile später stieg Hugo als dritte ein.

Die Stimmen trieben zwischen den Stämmen ein ausgelassenes Spiel, Hesse hat es später für die Freunde in einem Gedicht festgehalten:

> *Eine Stimme singt in der Nacht,*
> *Nacht, die ihr bange macht.*
> *Singt ihre Furcht, ihren Mut;*
> *Singen bezwingt die Nacht, singen ist gut.*
> *Eine zweite hebt an und geht mit,*
> *Hält mit der anderen Schritt,*
> *Gibt ihr Antwort und lacht,*
> *Weil zu zwei'n in der Nacht*
> *Singen ihr Freude macht.*
> *Dritte Stimme fällt ein…*

Königin der Gebirge
Hesse und die junge Ruth Wenger

Der Dichter Hermann Hesse und Ruth Wenger waren Liebende geworden, kein Zweifel, sie war seine Königin der Gebirge in seinem neuen Buch *Klingsor*.

Hesse sah sie ab und zu im Tessiner Ferienhaus ihrer Eltern im hochgelegenen Carona, ihr Vater, der Messerfabrikant aus Delsberg, hatte wenig Verständnis für diese Beziehung. Hatte er doch von Ruth hören müssen, für Hesse, noch nicht von seiner Frau geschieden, käme eine Heirat aus juristischen, finanziellen und psychologischen Gründen nicht in Frage!

Ruth, das ärgerte den Vater, hatte in den letzten zwei Jahren wegen Hesse einige Verehrer abgewiesen, was bildete sich dieser alternde, damals erst mäßig bekannte Dichter ein, seine um zwanzig Jahre jüngere, hübsche Tochter in Beschlag zu nehmen!

Der Stahlwarenfabrikant Wenger fühlte sich verantwortlich für das Glück seiner empfindsamen Tochter und schrieb im August 1921 an Hermann Hesse:

»… Sie haben keine Güte in sich und keine Achtung vor der menschlichen Seele. Sie tragen auch jetzt noch meines Kindes Seele in Ihren egoistischen Händen, und wissen das.«

Durch Ruth, das scheue Reh, wusste Hesse wieder, warum er lebte.

Was er ihr geben konnte, war kein Geld, keine bürgerliche Sicherheit, es war Magie. Viele Sommernachmittage verbrachten sie in Carona unterhalb des Familiengartens im Farnwald, dort erzählte Hesse seiner Ruth die Geschichte der indischen Königtochter Ramajana: Ihr Vater will sie mit dem reichen, ränkeschmiedenden Panati verheiraten, doch sie liebt Rama, den besten Bogenschützen des Landes. Rama verbirgt seine Sita in einer Waldhütte, der Waldkönig, ein Affe, beschützt die Liebenden. Er zieht den Zauberkreis und lehrt sie, wie man auf das Inwendige der Dinge hört: das Rieseln der Quellen im eigenen Blutstrom, die Gedanken, die blumengleich leuchten, die wechselnden Sternbilder in den Pupillen des Geliebten …

Er zieht Ruth näher an sich heran, küsst sie, ihren schlanken Körper nimmt er nicht in Besitz, er schuldet dem Messerfabrikanten Respekt vor seiner Tochter: glücklich soll sie werden mit einer standesgemäßen Heirat und vielen Kindern. Doch jetzt atmet sie an seinem Hals, er hört ihr Herz klopfen, seine Königin der Gebirge.

Hermann Hesse, nur noch auf dem Papier verheiratet, nennt die Baslerin Mia Bernoulli immer noch seine Frau, sie ist eine der ersten Fotografinnen – sie wohnt jetzt in Ascona, eine knappe Autostunde von ihm entfernt.

Die drei Söhne, die Hesse sehr liebt, leben bei ihr, will Hesse sie sehen, muss er sich mit Mia verständigen. Das Wort Scheidung, das er im Gespräch einmal fallen lässt, versetzt sie in Panik.

Ruth übersiedelt Ende 1921 nach Zürich, um bei dem berühmten niederländischen Tenor Messchaert Gesangsstunden zu nehmen. Intensive Briefe zwischen Ruth und Hesse gehen hin und her, seit ein paar Wochen ist ihre Beziehung ein Liebesverhältnis.

Unter der Durststrecke der wenigen Treffen, die allzu kurz sind, beginnt sie zu leiden. Von klein auf ein introvertiertes Mädchen, das sich lieber mit Büchern, mit Musik und Tieren umgab anstatt mit Gleichaltrigen, lag Nachdenklichkeit und leichte Melancholie in ihrem Wesen, ihre Gesundheit war fragil. Das alles stimmte die Eltern besorgt, und Vater Wenger fand, es sei an der Zeit, dass Hesse sein Verhältnis mit Ruth nun endlich legalisierte.

Sommer 1922. Über drei Jahre dauert nun die schwierige Verbindung an, Ruth Wenger ist eben fünfundzwanzig Jahre alt geworden, die meisten ihrer Altersgenossinnen sind verheiratet und haben Kinder.

Ist sie in eine Liebesfalle geraten?

Oben in Carona, wo Vater Wenger in diesem Sommer oft krank liegt, herrscht wegen Hesse wieder einmal dicke Luft. Man lädt den Dichter aus Montagnola zu einem Nachtessen ein und hofft auf ein klärendes Gespräch.

Hesse sitzt neben Theo Wenger, die Mahlzeit ist tessinerisch, Polenta mit Kaninchen. Hesse bemüht sich, die feinen Knöchelchen aus dem Fleisch herauszulösen, Wenger schaut zu, läutet die Tischglocke. Lässt aus der Küche ein neuartiges Messer bringen, schlanke Klinge, vorne zugespitzt.

»Meine Firma hat es eben auf den Markt gebracht, für spezielle Fälle«, lacht Wenger.

»Handlich, beinah ein chirurgisches Instrument«, lobt Hesse. Er habe auch ein sensationelles Militärmesser entwickelt: siebzehn Klingen, darunter Schere und Zapfenöffner, sagt Wenger stolz. Trotz seiner angeschlagenen Gesundheit sei er der Meinung, er müsse noch etwas in Bewegung bringen! Und dann mit durchdringendem Blick auf Hesse: »Ihr sollt, was Euer Verhältnis zu Ruth betrifft, endlich auch aktiv werden!«

Hesse starrt auf seinen Teller, kaut an der Antwort.

Ruth, schräg gegenüber am Tisch, sieht Vaters Zornader schwellen. Aus Furcht, und weil er das Problem so undelikat angeht wie üblich, steht sie auf und setzt sich weiter unten am Tisch zur Mutter.

Hesse lässt sich Zeit. Gibt dann zu bedenken:

»Von außen betrachtet wirkt mein Verhalten wohl zögerlich. Doch es beruht auf einem gesteigerten Gefühl der Verantwortung …«

Wenger, das Messer in der Hand, winkt ab. »Nach drei Jahren erwarten Eltern und Braut eine Legalisierung des Verhältnisses. Ist Ihre Scheidung endlich vollzogen?«

Hesse zwingt sich zur Ruhe. »Überstürzte Schritte bringen nichts. Es geht schließlich um Ruths Glück.«

»Ruths Glück? Das ist eine baldige Heirat.«

Darauf Hesse: »Sie, Herr Wenger, sind von Ihrem bürgerlichen Denken und Temperament mein Antipode. Sie packen an. Sie sind ein Mensch der Tat. Irgendwie beeindruckt mich das. Aber ich …«

»Aber Sie?« Wenger lacht sarkastisch. »Lassen gewähren?«

Hesse genehmigt sich erst einen Schluck von Wengers ausgezeichnetem Waadtländer Wein.

»Nun, zugegeben,« sagt er, »ich werde wohl geistig ge-
lenkt durch Lehren, die teils von Buddha, teils vom ›Nichts-
tun‹ des Lao Tse stammen.«

»Nach drei Jahren ist die Geduld erschöpft, Herr Dichter.«

»Ich bitte trotzdem weiterhin um Vertrauen und Geduld«, antwortet Hesse schlicht.

Sein Gegenüber, immer noch erregt, schneidet energisch
das Fleisch von den Knochen. Hesse starrt auf sein gut ge-
schärftes Messer, auf der blinkenden Klinge steht in klaren
Buchstaben der Name Wenger.

Am 22. Juli 1922 meldet sich Hesse schriftlich bei Wenger:

»Ich strebe nach nichts anderem als nach einer vernünfti-
gen Form und Verwirklichung für mein Verhältnis zu Ruth,
die ich wie eine Braut betrachte. Ich bitte Sie selbst zu fragen,
ob Ruth in der Zeit, seit sie mich kennt, im Ganzen zum
Leben und zum Glück fähiger geworden ist – Sie werden die
Frage nicht zu meinem Nachteil beantworten können.«

Endlich, im Januar 1924 – Hesse hatte sich schließlich 1923
doch scheiden lassen – folgt die Trauung. Der Schwiegervater hat die Kosten übernommen, allein für Hesses Ein-
bürgerung bezahlt er den Betrag von stolzen elfhundert
Franken.

»Und jetzt bin ich verheiratet«, schrieb Hesse an Anny
Bodmer. »Ich hatte es gar nicht gern und ging zum Standes-
amt wie zu einer Operation ... Ein eigentliches Zusammenleben ist zunächst nicht geplant ...«

Ja, sie wohnten getrennt in Basel im Hotel Krafft, gemeinsame Schlafzimmer waren Hesse ein Gräuel.

Das Privateste war Ruths Salon in ihrer im Hotel integrierten Dreizimmerwohnung, wo sie zu zweit das Abendessen einnahmen. Zu zweit? Nein, das Zimmer war gefüllt mit Ruths Menagerie: über ihrem Platz eine Stange mit dem Papagei Coco, zu ihrer Linken Zwerghund Muschi, auf der Rechten Windhund Piet, auf der Chaiselongue die Katzen, das Weibchen trächtig, im Nebenzimmer bewegten sich, auf der Suche nach Futter, in ihren Terrarien die Schlangen Barnabas und Viktorinox. Vor einem Jahr hatte Ruth ihrem Liebsten vom Erwerb dieser Tiere erzählt, sie hätte so gerne noch einen Affen dazugekauft, Kostenpunkt bloß 80 Francs!

Doch ihre Mutter habe abgewinkt.

Und Hesse hatte zurückgeschrieben »Lass doch, ich bin ja dein Aff.«

Am Mittag aßen sie mit anderen Gästen im Speisesaal des Hotels Krafft, Ruth, in einem neuen Kostüm, bemühte sich um Eleganz, Mama hatte ihr eine Schneiderin bezahlt für die Anfertigung von Jackenkleidern, Blusen, Mänteln. Der Ehemann sollte sich ebenfalls der städtischen Umgebung anpassen, sie hieß ihn, einen Kragen umzubinden. Widerwillig kam er dem Wunsch nach, der lose Kragen lag wie ein Wickel um seinen mageren Hals und gab ihm das Aussehen eines gealterten Buchhalters.

»Diese Kragen sind nicht mehr Mode«, kritisierte sie.

»Das kümmert mich nicht«, sagte er.

Sie biss sich auf die Lippen, um ihn nicht mit einem weiteren Wort zu reizen.

Er sah es, fing ihren missbilligenden Blick auf und dachte: Es ist der Augenblick, da sie mit erwachenden Augen die Ernüchterung kosten muss. Ich kann ihr nichts vorspielen, der erste Rausch ist vorbei.

Und Ruth: Wehmütig dachte sie zurück an jenen Hesse in Montagnola, in seinem hellen Tropenanzug war er ihr als ein Botschafter der weiten Welt vorgekommen. Nun trug er Socken, die über die Schuhe hingen, einen mausgrauen flattrigen Anzug, den er kaum wechselte. Er saß beim Frühstück und sagte kein Wort, und als sie es ihm vorwarf, gab er zurück, er sei morgens noch kein Mensch und wolle von nun an seinen Kaffee allein trinken. Doch auch beim Mittagessen wurden ihr seine Launen zur Qual.

»Noch vom kalten Fleisch? Nein? Warum so wortkarg?«

Jeder leiseste Vorwurf aus ihrem Mund vernichtete ihn. Er spürte sich nicht mehr, seine Lebensessenz hatte sich tief in sein Inneres zurückgezogen.

Für ihre Gesangsstunden bei der berühmten Bach-Sängerin Philippi musste Ruth in die Stadt, eine willkommene Abwechslung.

Als sie eines Abends, ungefähr zwei Monate nach der Heirat, zum Hotel Krafft zurückkam, stürzte ihr am Eingang der Hotelier entgegen. »Frau Hesse, um Gotteswillen, kommen Sie schnell! Ihr Mann hat das ganze Zimmer zerschlagen und liegt bewusstlos!«

Sie lief die Treppe hinauf, fand Manuskriptblätter und Bücher am Boden verstreut, dazwischen die Brille und ein leeres Röhrchen Veronal. Hesse lag bewusstlos auf dem Bett.

Man rief nach einem Rettungswagen, Ruth fuhr mit ins Krankenhaus.

Als er nach längerer Zeit die Augen aufschlug, nahm sie seine Hand und fragte: »Warum hast du das getan?«

Darauf er mit schwacher Stimme: »Ich wollte sterben, weil du mich nicht mehr liebst.«

Sie bemühte sich, als er nach einigen Tagen ins Hotel Krafft zurückkam.

Doch die Bezauberung von innen blieb aus.

Hesse sehnte sich nach den ersten Zeichen des Frühlings, nach Einsamkeit und seiner Wohnung in Montagnola. Er hatte von Emmy Ball Briefe aus Italien erhalten und Ende Februar schrieb er an Hugo Ball, dessen Einsamkeit beneidend: »Das Verheiratetsein, das ich nun wieder lernen sollte, glückt mir noch nicht gut. Es zieht mich, davonzulaufen und irgendwo allein und konzentriert einer geistigen Arbeit oder meinem Seelenheil zu leben, und nur in manchen Stunden sehe ich, wie egoistisch das doch ist ...«

Und im März, seine Rückkehr ins Tessin ankündigend, schrieb Hesse an den immer noch einsamen Ball: »Sie haben eine Frau, die in Armut und Klöster verliebt ist, und ich, ein Freund der Einsamkeit und Klöster, habe noch als alter Kerl eine Frau genommen, die für ein paar schöne Schuhe und einen hübschen Hund gern einige Ideale hingibt. Und beide haben wir ja doch, was uns zukommt, und wenn wir nicht diesen unseren Weg zum Himmel gehen, führt uns kein anderer hin. Möge es mir gelingen, den Weg der Liebe zu gehen, da ich den der Einsamkeit nun doch verlassen habe.«

Im Frühling wird Ruth krank, ihre Eltern ziehen nach Basel, um ihr nahe zu sein.

Anhand einer Röntgenaufnahme wird bei ihr eine Lungentuberkulose diagnostiziert. Der Arzt verschreibt eine einjährige Liegekur in den Bergen. Gestattet dann, dass sie im geliebten Carona bleiben dürfe. Auch Freude heile, vorausgesetzt, Ruth liege den ganzen Tag ruhig im Garten.

Hesse schreibt: »In dem Augenblick, wo ich beschloss, mich nach zweijährigem vergeblichem Bemühen zurückzuziehen und abzuwarten, ob mit der Zeit auch du einmal einen Schritt zu mir hin tun würdest – da verwandelt dein Schicksal und deine Situation sich in diese Krankheit, und du hast nun, mindestens also für ein Jahr, die völlige Passivität sogar ärztlich dekretiert!«

Hesse, der in Hunderten von Briefen fremden Menschen Trost und Rat erteilt, ist mit dem Leid der ihm Nächsten überfordert. Den Aufstieg nach Carona hat Hesse, der nur wenige Kilometer entfernt in Montagnola lebte, in seiner verliebten Zeit bei Tag und bei Nacht zu Fuß gemacht.

Jetzt trennen ihn Welten von seiner Frau.

In Hesses *Krisis*-Gedichten finden sich die Verse:

Jetzt ist auch meine Geliebte kaputt.
Es war so schauerlich,
Sie hieß Erika Maria Ruth ...
ich habe sie vom Himmel gerissen
und mit meinen Händen zu Scherben geschmissen ...

Im März 1927 wird Ruth die Scheidung einreichen.

Eine andere Art von Liebe
Hermann Hesse und Emmy Hennings

»Eine solche Treppe erzählt über das Leben«, sagte Hesse.

Sie saßen zu dritt an einem Sonntag in Agnuzzo zusammen auf einer der oberen Stufen, hatten Kaffee getrunken und ihre Gedanken ausgetauscht, über das neue Lieblingsthema, die Psychoanalyse.

Als Emmy mit dem Kaffeegeschirr in die Küche ging, fragte Hesse den Freund vorsichtig: »Stimmt es, dass Emmy in Köln die Straße gemacht hat und ins Gefängnis kam?

Ich habe in ihrem Buch *Das Brandmal* gelesen, das, so nehme ich an, autobiographisch gelesen werden kann?«

»So ist es.«

Ball sah den Freund offen an.

Und er fügte hinzu, dass er diese Frau bewusst als Gefährtin gewählt habe, gerade weil sie die unterschiedlichsten Wege gegangen sei wie er auch, und gewiss liege auch ein gemeinsames und überraschendes Stück Weg vor ihnen.

Sie wollten nicht immer zusammen sein, jedoch zusammengehören.

Jeder habe seine eigenen Gesetze.

Sie inspiriere ihn und mache ihm mit ihrem heiteren Seelengrund und ihrer Fantasie das Leben erträglicher.

Er hingegen trage Verantwortung, auch für ihr Kind, die Annemarie.

Emmy sei ein Wesen, das er nie ganz ergründen könne, ein Gemisch aus heller Farbe und Dunkelheit, und es sei dieses Unergründliche, das ihn anziehe.

»Wer kennt sich schon selbst? Sogar Sie, Herr Hesse, geben ja Geld aus für die Analysen des Herrn Lang, um Ihre Dunkelheit kennenzulernen ...«

»Nein, um die Dunkelheit besser zu ertragen«, meinte Hesse lächelnd.

Emmy hatte sich wieder zu ihnen gesetzt, auf ihren Wunsch las Hesse ein paar Seiten aus dem neuen, zweiten Teil des *Siddhartha*.

Sie saß ein paar Stufen weiter unten, neben der Papageien malenden Annemarie, von hier aus konnte sie den Dichter besser betrachten: »Seine indische Dichtung war damals im Entstehen, und sein Gesicht war wie die Seele eines indischen Buches, so ausgeteilt an all das Schöne«, notierte sie in ihr Tagebuch. Sie liebte sein Lächeln, sie liebte seine strenge, asketische Art, sie liebte Hesse mit einer scheuen Zärtlichkeit. Diese Art der Liebe war ihr bis dahin unbekannt gewesen in ihrem vielfältigen Liebesleben.

An diesem Abend sagte Hesse beim Abschied zu Ball: »Es gibt wenige Menschen wie Ihre Emmy, die durch Sümpfe gehen können, ohne sich die Füße schmutzig zu machen.«

Ein Julisonntag.
Balls waren am Morgen zur Messe gegangen, am Nachmittag folgten sie Hesse und Ruth nach Agno zum Strand. Am

Bodensee pflegte Hesse nackt zu baden, im Tessin nahm er Rücksicht auf die sittenstrengen Einheimischen. Die jungen Dorffrauen konnten nicht schwimmen, aber sie kamen am Sonntag zum See, um sich abzukühlen. An einem verschwiegenen Platz stiegen sie in ihren Hemdchen ins Wasser. Wenn sie sich unbeobachtet fühlten, hörte man sie lachen und Wasser spritzen.

Ein kurzer Spuk – schon nach einer halben Stunde hatten sie genug. Dann konnte Hesse ohne Badehose schwimmen, und auch Ruth streifte ihre Kleider ab. Sie schwammen hinüber zum Floß, das zur Badehütte gehörte, Emmy erreichte es von der anderen Seite.

Emmy hatte in Hugos asketischer Nähe gelernt, dem Sinnlichen zu entsagen, seit ihrer Hinwendung zum Katholizismus blickte sie oft mit Scham zurück auf ihre Eskapaden mit so vielen Männern.

Doch an diesem Julitag kam es wie ein Rausch über sie.

Schon in der Messe hatte sie für den heiteren Tag gedankt, und jetzt erfreute sie sich an der Schönheit der Farben und Formen, Sinnliches streifte Übersinnliches.

Sie betrachtete den See, die Rebhänge, und neben sich auf dem Floß im Adamskostüm Freund Hesse.

Er lag still, die Augen geschlossen.

Sie liebte nicht nur seinen beweglichen, tiefen Geist, auch sein von Sonnenbädern gebräunter schlaksiger Körper rührte sie an. Eine kleine Verliebtheit, die sie sich nicht durchgehen lassen sollte? Vor einigen Jahren hatte Erich Mühsam Emmy als erotisches Genie bezeichnet, sollte nun alles weggeblasen sein, war das nicht eine Unterdrückung der Natur?

Der ekstatische Taumel von damals – nein, nicht die ent-
täuschende Erfahrung der käuflichen Liebe. Sie dachte an
die Zeit mit ihren Dichterfreunden, an Hardekopf, van
Hoddis, Erich Mühsam und andere.

Sie besaß die wunderbare Gabe, Männer in sich verliebt
zu machen.

Mit ihrer Sinnlichkeit half sie aus seelischen Nöten, um-
fing sie mütterlich, öffnete ihnen Herz und Schoß. Und als
sie anfing, in ihrem Leben den Himmel mit einzubeziehen,
gehörten Bett und Gebet ganz natürlich zusammen.

Lange schon war das her... Nun, in Agnuzzo, gingen
manchmal in Tag- und Nachtträumen Erinnerungen durch
ihren Körper, ihr asketischer Mann ahnte davon wenig.

Damals, 1917, als Hugo in Bern bei der »Freien Zeitung«
war und sie allein in Zürich lebte, hatte sie noch einmal
einen Geliebten gehabt, den Spanier Vajo, ein geistreicher,
in seiner Art leidenschaftlicher Mann. Emmy, an Hugo
gebunden, doch noch unverheiratet, zögerte, welchen sie
nehmen und welchen sie lassen sollte.

Da bekam Hugo es mit der Angst zu tun, einsam in Bern
schrieb er an sie herzzerreißende Briefe, warb abermals heftig um sie. Warnte Vajo. Emmy und er gehörten nach den
schweren Zeiten zusammen. Für immer. Sie sah es ein,
Hugo und sie blieben ein Paar.

Das Spiel des Wassers, das Floß schaukelte leicht.

War Hesse eingeschlafen?

Lust überkam sie, ihm ein Liebeswort ins Ohr zu flüs-
tern. Mit ihren Lippen seinen Mund zu berühren.

Doch das durfte nicht sein, er hatte seine Ruth. Und sie? War für ihn die Frau Ball.

Da glitt ein Schiff vorbei, die Wellen des Sees schaukelten das Floß stärker.

Hesse richtete sich auf und glitt ins Wasser, um sich wenig später drüben auf einer Granitplatte zu sonnen.

Ruth, mädchenhaft, feingliedrig, drehte sich auf den Rücken und blieb neben Emmy liegen, ihre von Natur aus sehr weiße Haut zeigte nur einen leichten bronzenen Hauch von den Sonnenbädern auf Hesses Terrasse. In die Schönheit des Nachmittags passte sie vollkommen.

Emmy streckte ihre Hand aus, fuhr sanft über Ruths Körper, über Brüste und Bauch. Es war wie ein Ritual, eine Segnung.

Ruth atmete ruhig, hielt still.

Viel später wird Ruth einmal Hesse von dieser im Halbschlaf aufgenommenen Liebkosung erzählen. »Die meisten Menschen haben in sich auch Anteile des andern Geschlechts«, wird er zu ihr sagen.

Doch für Ruth wird Emmy immer ein Rätsel bleiben.

»In die Abenteuer des Sinnlichen und des Übersinnlichen wandert man gedankenlos.

Wer den Glauben hat, überfliegt die Hindernisse«, lautet eine Passage in Emmys Buch *Brandmal*.

Hugo Ball
und das Wunderkind Robin

Hesse sah, dass seine Freunde in Armut lebten, sie sprachen nicht darüber, aber er sah: Es fehlte am Notwendigsten. Emmy und Hugo erschienen ihm als echte Hungerkünstler, aber das Kind Annemarie musste doch noch wachsen und richtig essen!

Eines Tages hörte er in Montagnola, dass die Fabrikantenfamilie Brown als Lehrer für ihr außergewöhnlich begabtes vierjähriges Kind Robin einen Musiker suche.

Hesse bot sich an, Ball zu der Villa Roccolo zu begleiten. Es war nicht weit.

Das Anwesen wirkte ungewöhnlich groß und klotzig, als hätte man es von einem Vorort in Zürich hierher versetzt. Als Hugo eine Bemerkung dieser Art machte, lächelte Hesse. Ja. Brown besitze in Baden noch eine Art Märchenschloss von zweifelhaftem Geschmack, vollgestopft mit Kunstwerken verschiedener Epochen.

Frau Brown empfing sie freundlich und bat sie in den Flur, sie war eine schöne, noch junge Frau, die mit englischem Akzent Deutsch sprach. Das Kind Robin, ein hübscher, rundlicher Knabe mit blonden Locken, versteckte sich hinter ihren Rockschößen.

Als Hugo dann im Wohnzimmer eine *Valse brune* spielte,

löste sich das Kind von der Mutter und stellte sich neugierig an den Flügel, staunte, mit welcher Leichtigkeit die Hände des Besuchers über die Tasten glitten.

Als er aufhörte zu spielen, kniete sich das Kind auf den Boden und angelte nach Schulheften.

»Ja, schauen Sie hinein, es sind seine Kompositionen«, sagte Frau Brown. »In einer selbst erfundenen Notenschrift! Sie sollen helfen, die Töne am Klavier gemeinsam mit Robin zu finden, um sie in normale Notenschrift zu übertragen. Wir haben von Musikern gesagt bekommen, dass die Melodien, die Robin in seinem Innern entdeckt, ungewöhnlich sind.«

»Wollen wir zusammen deine Musik aufschreiben, Robin?«, fragte Ball.

Und das Kind strahlte.

Es wurde abgemacht, dass Hugo fortan regelmäßig von Agnuzzo zur Musikstunde heraufkommen sollte.

»Nun trinken wir zusammen noch eine Tasse Kaffee, nicht wahr?«

Frau Brown lud die Männer in einen kleinen Salon, den sie »Küchenstube« nannte.

»Da sitzt es sich am gemütlichsten«, sagte sie.

Man unterhielt sich in ungezwungenem Ton, Hesse war schon gelegentlich bei der Fabrikantenfamilie zu Gast gewesen. Auch der kleine Robin verlor seine Schüchternheit, er stand dicht bei seinem neuen Lehrer und zupfte ihn am Pullover, den er seiner Form wegen »kurios« fand.

»›Kurios‹ ist Robins Lieblingswort«, erklärte seine Mutter.

Jetzt hörte man draußen ein schweres Automobil über den Kies fahren, aus dem Fenster sah Hugo den Chauffeur mit weißen Handschuhen hinter dem Steuer, Brown stieg aus mit einem kleinen Koffer. Im Flur hörte man ihn lautstark nach seiner Frau rufen, erschrocken stand sie auf und verschwand eine Weile, dann kam sie zurück in Begleitung ihres Mannes.

»Ich habe nicht mit Besuch gerechnet, komme früher als vorgesehen aus Baden zurück«, sagte der stattliche Mann im vorgerückten Alter. Er begrüßte die Gäste förmlich.

»Herr Ball wird von nun an zur Musikstunde kommen«, sagte seine Frau.

»Nun, das wird bloß für die nächsten Wochen gelten«, entgegnete Dr. Brown. »Den Sommer verbringen wir in Baden. Für diese Zeit habe ich eine hochqualifizierte Klavierpädagogin aus Sankt Petersburg engagiert.«

Brown erkundigte sich nach Balls Ausbildung. Dieser wich aus: Das Musizieren sei für ihn ein Herzensanliegen, kein Beruf. Auf die Frage, wo er denn zuletzt öffentlich gespielt habe, antwortete Ball: »In Zürich, im Cabaret Voltaire.«

»War das nicht diese Geschichte mit Dada?«

Ball nickte. »Genau. Das war Dada.«

Robin war dem Gespräch mit aufgerissenen Augen gefolgt und rief weinerlich: »Ich will aber nicht nach Baden, ich bleibe hier im ›Roccolo‹, er da«, er zeigte auf Ball, »macht meine Musik!«

»Unsinn, selbstverständlich wirst du mit uns nach Baden kommen!«, herrschte ihn der Vater an. Dr. Browns Gesicht hatte sich verfinstert, seine rechte Hand, zu einer Faust geballt, fiel auf die Tischplatte. Der Klang erschreckte das Kind. Brown sah es und sagte, nun um einen ruhigeren Ton bemüht: »Robin ist ein kleiner Feigling, er wird neben seiner Musik noch einiges lernen müssen.«

Hesse begleitete Ball noch bis zu dem Waldgrotto unterhalb von Montagnola.

Bei einem Rotwein, den der Wirt in blauen Tassen servierte, äußerte sich Hesse über Herrn Brown. »Brown ist ein genialer Erfinder und Unternehmer, der zusammen mit Boveri in Baden seine Fabriken aufgebaut hat. Die beiden Fabrikanten sind allerdings nicht mehr in gutem Einvernehmen, Brown mit seiner aufbrausenden Art hat sich von der Leitung distanziert, mein jüngerer Bruder Hans, der in Baden bei Brown Boveri arbeitet, hat mir davon erzählt. Und, ich muss sagen, es ärgert mich, wie Brown, dieser elektrische Donnergott, mit dem begabten kleinen Robin umgeht.«

Für die Musikstunden bei Robin Brown musste sich Hugo Ball morgens auf dem steilen Weg beeilen, denn schon um neun hielt sein Schüler am Fenster nach dem Lehrer Ausschau.

Wie kompliziert das Transkribieren der Kompositionen sein würde, hätte Hugo nicht gedacht. Der Kleine wurde bedrängt von Melodien, das musste nach draußen, er kritzelte alles in sein Heft in der selbsterfundenen Notenschrift. Abends musste Hugo dann alles noch mal ins Reine schreiben, Dr. Brown wollte die schönsten Kompositionen des Wunderkinds in Lugano drucken lassen.

»Ist es dieser Ton, Robin?« Wenn Ball am Flügel saß und versuchte, Robins innere Klangwelt nachzuspielen, prüfte

Robin streng, ob alles seiner Vorstellung entsprach.

»Halt, Herr Ball, da hast du einen Fehler gemacht! Pass auf, sonst ist Papa mit dir unzufrieden, und du musst alles nochmal schreiben!« Und er sang mit leiser, feiner Stimme die Stelle vor.

Manchmal packte den jungen Komponisten die Ungeduld, und er setzte sich selbst an den Flügel. Mit seinen kleinen Händen vermochte er noch keine Oktave zu fassen, so schlug er die beiden Tasten mit den einzelnen Fingern an und sagte belehrend: »Nur damit du weißt, dass die beiden Töne gleichzeitig angeschlagen werden müssen, sie gehören ja zusammen, Herr Ball!«

Während des Musizierens stand ein sanftes Lächeln auf Robins Gesicht. Wenn allerdings der Vater im Haus war und ins Zimmer trat, wurde der kleine Buddha, wie Hugo ihn nannte, nervös.

Auf Robins Wunsch musste der Unterricht ausgedehnt werden. Er erstreckte sich jetzt über zwei bis drei Stunden, und die Hausherrin fand, der Herr Lehrer habe nach der Anstrengung eine Brotzeit verdient.

Dankbar setzte sich Hugo in die »Küchenstube« und verzehrte die für ihn hergerichteten ungewohnten Leckerbissen: luftgetrocknetes Rindfleisch, in Olivenöl und Kräutern eingelegter Frischkäse, manchmal auch getrockneter Fisch aus dem Lago Maggiore. Zum Frühstück hatte Hugo, da Emmy verreist war, nur eine Tasse Milch gehabt, für das Brot in der *Cooperativa* fehlte das Geld.

Frau Brown setzte sich manchmal zu ihm, sie fanden heraus, dass sie im gleichen Alter waren.

»Also Signor Hugo, sagen Sie ruhig Signora Hilda zu mir!« Ihr englisch gefärbtes »Signora« klang kehlig, sie bog den Kopf mit dem glänzenden, nussbraunen Haar zurück und lachte herzlich.

Hugo brauchte die Musikstunden mit Robin, sie taten ihm gut, trugen ihn von seinem kopflastigen Schreiben weg in Klang- und Farbwelten.

Auch hatte er das Wunderkind ins Herz geschlossen.

Er erkannte sein gleichsam durchsichtiges, gläsernes Wesen, das Freude hell erstrahlen ließ und bei Trauer und Furcht rasch beschlug. Wenn der Kleine mit seinem Vater oder anderen Erwachsenen sprach, verschleierten sich seine Augen oft mit Tränen, und so war die Mutter dankbar, dass ihr Sohn sich in Balls Gegenwart vertrauensvoll öffnete.

An einem Sonntag kam Signora Hilda in einem weißen Kleid den Fußweg hinunter nach Agnuzzo und brachte einen Armvoll der blauen Lilien, die Hugo im Garten der Villa so sehr gefallen hatten. Hugo küsste sie zum Dank, er tat es mit aller Vorsicht, um ihre Frisur nicht in Unordnung zu bringen. Sie errötete ein bisschen, bedauerte, dass der Abschied in die Nähe rücke. »Wir müssen früher als sonst nach Baden, schade, Robin möchte nicht dorthin zurück.«

»Warum?«, fragte Hugo.

»Unsere Villa ist ein Spukschlösschen voll von Kunstwerken aus fremden Kulturen! Und auch die Fabrikhallen mag er nicht mit all den Funken und Blitzen sprühenden Maschinen. Mein Gatte versteht die Abneigung nicht, Robin soll sein Erbe sein – wenn er siebzehn ist, wird er seinem Sohn sein Reich mit all den Generatoren und Dampfturbinen nahebringen. Aber wissen Sie«, meinte Frau Brown beim Abschied traurig, »ich als Mutter sehe Robin nur im Reich der Musik!«

Jahre später werden sich die Balls an diesen Satz erinnern: Mit siebzehn erkrankt Robin und stirbt.

Das Familiengrab der Browns liegt bis heute in Sant' Abbondio neben der Grabstätte von Hermann Hesse.

Das Haus des gefundenen Brotes
Lisa Tetzner und Kurt Held

Sie liebten sich und kamen sich geistig so nahe, dass die meisten Liebenden vor dieser Nähe wohl die Flucht ergriffen hätten.

Sie: Lisa Tetzner.

Für mich, Eveline Hasler, war sie, als ich fünf war, meine erste literarische Liebe. Mama las mir ihre Geschichten vor, z. B. *Das Märchen vom dicken fetten Pfannkuchen*.

Er: Kurt Kläber, später Kurt Held. Er war meine zweite literarische Liebe. Ich war zwölf und las sein Buch, *Die rote Zora*, viele Male, kannte jede Seite.

Stop!, rief die Literaturforschung damals. Wer von den beiden hat *Die rote Zora* eigentlich geschrieben? Und das Buch über die Tessiner Kinder, die sich in Mailand als Schornsteinfeger verdingen mussten: *Die schwarzen Brüder*? Was schrieb die Tetzner? Was schrieb Kurt Held? Hatte die Schweiz dem Emigranten und proletarischen Schriftsteller nicht eine Zeitlang verboten, Bücher zu schreiben?

Auch *Die Kinder aus Nr. 67* las ich als Kind. Eine mehrbändige Kinderodyssee; die neun Bände galten als die wichtigsten deutschsprachigen Kinderbücher des Exils. Schrieb sie das Paar gemeinsam zwischen 1933 und 1949?

Gehen wir zurück in eine für die beiden relativ idyllische Zeit: 1919 lernen sich Lisa und Kurt im Thüringer Wald bei einer Kirchweih kennen. In einer Stadt namens Lauscha fanden Kinder-Buchtage statt, Mädchen und Buben lauschten auf einem öffentlichen Platz mit offenem Mund den Märchen der Lisa Tetzner. Diese junge Frau konnte nicht nur wunderbar schreiben, sie konnte auch packend erzählen! Und der unbekannte junge Mann, der da drüben in Hörweite aus den *Leiden des jungen Werther*s las und das Goethe-Buch den Jugendlichen als großartigen Liebesroman empfahl?

Lisa regte sich auf über die Konkurrenz. Sie ging hinüber zu dem nach Wandervogelart mit kurzen Hosen bekleideten Burschen, fragte nach seinem Namen. – Kurt Kläber.

»Also, Kurt Kläber, was erlaubst du dir da mit Goethe? Wer bist du denn?«

»Ein Berufsrevolutionär!« Er strahlte die junge Frau an, ihr rundliches Gesicht mit den blitzenden Augen gefiel ihm, und er strich sich eine seiner Locken aus dem Gesicht.

»Berufsrevolutionär... Was soll das heißen?«

»Ich bin für Gerechtigkeit.«

»Pah, die gibt es nicht auf dieser Welt.«

Lisa gefielen diese Vorlesereisen, sie liebte es, Geschichten in die Welt der Kinder zu tragen, bei Wind und Regen war sie draußen unterwegs. Doch in Lauscha bekam sie plötzlich starkes Kopfweh, sie mochte nicht mehr essen, fühlte sich krank. Typhus ging in der Stadt um, Lisa wurde mit hohem Fieber ins nächste Krankenhaus gebracht, sie verlor das Bewusstsein.

Am Bettende der Bewusstlosen wachte Kurt Kläber. Er hatte gehört, Lisas Vater sei in einem anderen Teil Deutschlands Spitalarzt, und er brachte es zustande, dass das Pflegepersonal den Vater anrief. Er reiste an zu seiner kranken Tochter, doch Lisa, die im Fieber fantasierte, erkannte ihn nicht. Merkwürdig, diesen jungen Kläber an ihrem Bettende konnte sie jedoch beim Namen nennen.

Der besorgte Vater verordnete Medikamente, Lisa erholte sich, sie freute sich jetzt, den Vater zu sehen … Doch kaum ging es ihr besser, da dachte sie schon an die landesweiten Lesetage für die Jugend. Sie reiste gegen den Wunsch des Vaters nach Jena, dort wohnte ihr Verleger Eugen Diederichs.

Liebe Märchentochter, sagte dieser zu Lisa, als er von ihrer Krankheit hörte, ich denke, du solltest heiraten! Du bist ein tapferes und kluges Mädchen, doch die Gesundheit spielt dir Streiche. Wenn du einen Mann findest, der deine Eskapaden erträgt, der Liebe und Geduld hat …

Nun, ich heirate, wen ich will, sagte sie.

Kennst du denn schon jemanden?

Sie nickte. Ich habe ihn erst kürzlich kennengelernt, er schreibt Geschichten und Gedichte.

»Aha!« Diederichs lächelte: »Ist das Kurt Kläber?

Er ist direkt von deinem Krankenbett zu mir nach Jena gekommen und sagte mir, er wolle dich heiraten. Ein ehrlicher, guter Junge, voll Fantasie! Ja, Lisa, mit diesem Partner wirst du ein Leben lang etwas zu lachen haben! Wir werden eure Hochzeit auf der Leuchtenburg feiern, und viele Kinder, die deine Märchen lieben, und viele Jugendliche, die Kurt Kläbers Geschichten mögen, werden eingeladen!

Drei Tage später fuhr Lisa mit Kurt Kläber nach Weimar, denn auch dort fanden Lesetage für die Jugend statt. Wieder schnappte Kläber Lisa auf dem großen Platz mit seinen Kriegserzählungen die Hörer weg.

»Die Lisa Tetzner kann wunderbar erzählen, ihre Wörter hopsen, wenn sie Lustiges erzählt, doch wird die Geschichte traurig, verwandelt sie die Wörter in Beerdigungspferde. Der Kurt Kläber hingegen ist für die älteren Zuhörer spannender. Geschichten zum Gruseln oder zum Lachen«, sagte ein fünfzehnjähriger Junge.

»Deine Geschichten sind Eulenspiegeleien«, sagte Lisa zu ihrem Kläber. »Sie sind stark übertrieben, richtig ›geklä-bert‹«, schalt sie.

Dann fuhr Lisa nach Zittau in Sachsen, um ihrer Familie zu sagen, dass sie Kurt Kläber heiraten wolle. Der Vater, der Medicus, holte seine Tochter am Bahnhof ab, er trug auf dem Kopf immer eine feierliche schwarze Melone und an den Händen Glacéhandschuhe. Auf dem Heimweg berichtete er: »Tante Aenne hat Ärger, in ihrer Tuchfabrik streiken die Arbeiter! Sie erwartet, morgen deinen jungen Mann zu begutachten.«

Oh weh, dachte Lisa, wie bringe ich meiner Familie bei, dass ich einen Mann ohne Geld und Titel heiraten möchte?

Sie hatte Kurt noch gebeten, ja nicht in kurzen Hosen und Jesus-Sandalen zu kommen. Als sie ihn am Bahnhof in Zittau abholte, war sie erschrocken, er trug einen neuen Anzug, der viel zu weit um ihn flatterte, dazu einen grünen Schlips in der Form einer Haarschleife! Wie viel besser hatten ihm seine kurzen Hosen gestanden! Nie wieder wollte sie darauf bestehen, dass er sich wie andere Leute anzog, er war nun mal etwas Besonderes, ganz und gar unbürgerlich!

Der Vater und Arzt hatte unterdessen Zeit gehabt, seine Tochter gründlich zu untersuchen und im Krankenhaus nochmals röntgen zu lassen. Schon mit elf litt sie durch eine Erkältung an einer Entzündung des Kniegelenks, die zu einer jahrelangen Immobilität geführt hatte. Nun war ihr linkes Hüftgelenk entzündet …

»Lieber Herr Kläber, Sie können meine Tochter nicht heiraten«, sagte er. »Die Knochen meiner Tochter sind angegriffen, ich weiß nicht, ob sie ihre Beine je wieder ganz gebrauchen kann.«

»Dann sitzen wir eben viel an unseren Schreibtischen, nicht wahr, Lis?«

Der Vater blieb ernst: »Herr Kläber, meine Tochter kann außerdem keine Kinder bekommen, und man heiratet doch, um sich fortzupflanzen!«

»Ich bin auch nicht sehr gesund«, entgegnete Kurt, »und mich fortpflanzen im physischen Sinn, das interessiert mich nicht. Ich schreibe wie auch Lisa schreibt, und wir werden uns zusammen schreibend fortpflanzen!«

»Er ist ein Dichter, Vater«, mischte sich jetzt Lisa ein. »Er glaubt, ich sei ein Stück von ihm, unsere Ehe sei vom Himmel vorbestimmt!«

Der Vater blieb still, wartete ab. So fuhr Lisa fort: »Er ist ein wunderbarer Mensch, man muss ihn gernhaben. Nun hat er viel Erfolg mit seinen Zeitungsartikeln und vor allem mit seinen Gedichten.«

Der Arzt nickte und wandte sich wieder Kläber zu.

»Können Sie denn eine Frau ernähren? Was verdienen Sie monatlich?«

Kurt strahlte. Er glaubte, seinen Schwiegervater in spe gewonnen zu haben und sagte in seiner Lust, alles zu übertreiben: »Spielend zweitausend Mark!«

Und der Vater: »Ich wusste nicht, dass Schriftsteller so viel verdienen!«

Lisa, die danebenstand, musste sich das Lachen verbeißen, Kurt verdiente etwa zweihundert, doch sie ließ den Vater in dieser beglückenden Illusion, sie nahm sich ja vor, mit ihrer Arbeit auch zum Verdienst beizutragen.

Wollen wir uns nicht setzen, fragte Kurt, denn alle Mitglieder der Familie Tetzner klebten wie Kunstfiguren an der Wand. Als Gast so etwas zu sagen, verstieß gegen die Konvention, doch alle setzten sich erfreut, Kurt hatte so etwas Erfrischendes und Liebenswürdiges. Er bat sogar den Diener, sich zu setzen.

Nun sprach Mutter Tetzner zum Glück über die Dichter. Und Vater Tetzner begann über seine Lieblinge Fontane, Raabe und Gottfried Keller zu reden. Kurt Kläber hatte alles von diesen Schriftstellern gelesen, das stimmte den Vater milde.

Anderntags erwartete Tante Aenne, die wichtigste Stimme im Familienrat, den jungen Dichter. Ihr Mann besaß Webereien, in dieser Gegend wohnten die Fabrikbesitzer oberhalb der Arbeitersiedlung in einem Schlösschen. Auf dem Fußweg dorthin geriet Kurt neben der Fabrikhalle ins Streikbüro der Arbeiter. Sie waren verzweifelt, denn man gab ihnen kein Essen, Kurt sprach mit ihnen, gab Ratschläge.

So kam er bei Tante Aenne zu spät an, sie erwartete nun jeden Moment die Damen des vaterländischen Frauenvereins zum Kaffee! Kurt, in Gedanken immer noch mit der schwierigen Lage der Streikenden beschäftigt, kostete von dem Kuchen, den Aenne gebracht hatte und sagte: »Die Armut ist immer dort am größten, wo der Reichtum am größten ist. Auf jedem Hügel hier sehe ich schlossartige Herrenhäuser, während die Weber in ihren Katen ärmlicher wohnen als die Arbeiter in den Städten! Und nicht viel mehr zu essen haben als die Ernte ihres sandigen Kartoffelackers!«

Schon traten die ersten Damen in den Salon, die Tante, eine großgewachsene schöne Frau, schob Kurt energisch in das Nebenzimmer. »Warten Sie noch, mein Junge«, sagte sie mit mildem Spott, »wenn meine Damen versorgt sind, sprechen wir über die Arbeiterklasse.« Sie ließ die Türe nur angelehnt, damit Kurt hören konnte, dass die Damen mit Abscheu über den Streik sprachen. Ach, diese Bürgerinnen mit ihren engstirnigen Begriffen, dachte Kläber, sie wollen nur ihre Privilegien verteidigen.

In diesem Moment wurde die Tür geräuschvoll aufgestoßen, die Damen starrten ihn an.

»Da ist er, der Hetzer«, rief eine. »Er unterstützt die Streikenden!«

Tante Aenne erschien neben Kurt, schob ihren Arm unter den seinen: »Das ist mein junger Freund und Schützling, der Dichter Klaus Kläber. Er will meine Nichte Lisa heiraten.«

Die Damen waren fassungslos.

Zwei Tage später kam Aenne zu den Tetzners, sie umarmte erst Lisa, dann Kurt und sagte laut: »Lisa, du wirst einen aufrichtigen und ehrlichen Mann bekommen, das ist viel in der heutigen Welt.«

Diese freundliche Begrüßung von Aenne, der wichtigsten Beraterin der Familie, schien die Tetzners zu beruhigen. Ja, der junge Mann war für die Tochter vielleicht keine standesgemäße Heirat, aber er war klug und auf seine Art sehr charmant. Lisa und Kurt spürten die Sympathie, und dachten hoffnungsvoll an das von Diederichs geplante Hochzeitsfest oben auf der Leuchtenburg.

Da rächte sich, dass Lisa so schnell aus dem Krankenhaus geflohen war, sie wurde abermals krank. Nun lehnte der Arzt und Vater diese Heirat nochmals vehement ab! Doch eine Kur im Süden der Schweiz schien ratsam, und unter der Auflage, dass Maria Braun, die Illustratorin von Lisas neuestem Märchenbuch, das noch unverheiratete Paar begleitete, stimmte er zu.

Kurt, der mit Hermann Hesse in Briefwechsel stand, bekam den Rat, nach Carona oberhalb von Lugano zu reisen, er kenne dort Leute, die in ihrem schönen alten Haus ein Stockwerk vermieteten.

Kurz, es wurde dann sogar eine vergnügliche Reise und ein sehr erfreulicher Kuraufenthalt in Carona. Als sie zurück nach Deutschland fuhren, weigerte sich Lisa nun, weiterhin bei den Eltern zu wohnen. Sie mieteten zu dritt in Düsseldorf eine Wohnung.

Lisa liebte Kurt, sie war nun bald dreißig, das Leben zu kurz, um noch jahrelang auf eine Familienerlaubnis für die Heirat zu warten, und so ließ sich das Paar ohne Rücksicht auf irgend jemanden im Dezember 1924 trauen.

Es war eine ganz nüchterne Trauung.

Zum Glück gab es nachträglich doch noch ein Fest bei Eugen Diederichs in Jena. Ihr ganzes Leben blieben die Kläbers dem Haus Diederichs verbunden.

Die Sehnsucht, ins Tessin zurückzukehren, war in den Neuvermählten wach, ihre möblierte Wohnung in Carona hatten sie nämlich behalten können! »Wir werden noch unsere besten Jahre dort verbringen«, prophezeite Kurt.

Doch diese Zeit war noch fern. Ausgerechnet jetzt hatte ganz Deutschland das vielfältige Talent der Lisa Tetzner entdeckt, sie wurde in Berlin als Leiterin der »Jugendstunde« an den Rundfunk berufen, man bat sie auch um Vorträge über Sprechtechnik. Mit zwanzig hatte sie bei Max Reinhardt Kurse in Sprecherziehung und Stimmbildung besucht, später in Berlin an der Universität bei dem berühmten Emil Milan Vortragskunst studiert. Trotz aller Theorie blieb Lisa Tetzner ein Naturtalent, sie erzählte Märchen wie keine andere, zur Abendstunde hörten Kinder aus allen deutschsprachigen Ländern ihr im Radio zu. Ihr geliebter Kurt widmete sich unterdessen dem Journalismus im Ruhrgebiet, er arbeitete als Bergmann und war Redakteur und Leiter der Arbeiterhochschule Bochum.

Ja, so hätte es ruhig weitergehen können, wäre die Politik in Deutschland nicht zusehends unruhiger geworden. Im Januar 1933 kam Hitler an die Macht. Er verlangte von den Schriftstellern, dass sie nicht ihre eigenen, sondern seine Gedanken in Artikeln und Büchern verbreiten sollten, viele lehnten das ab und ihr Leben und Wirken wurde immer gefährlicher.

An einem Abend im Februar saßen einige der Gefährdeten zusammen in Lisas kleiner Berliner Wohnung: Johannes R. Becher, Lion Feuchtwanger, Leonhard Frank und Bert Brecht. Es wurde ein melancholischer Abschiedsabend, die Kläbers, so wusste man, planten, anderntags Richtung Tessin zu fahren.

»Wir sollten nicht auseinandergehen müssen«, sagte Bert Brecht. »Wir brauchen einander gerade jetzt…«

Am nächsten Tag brannte der Reichstag.

Kurt hatte viele Nächte vorher ein Notquartier bezogen, denn man hatte den erbitterten Nazigegner vor einer Verhaftung gewarnt. Doch nach dem Abschiedsabend mit den Freunden wollte er zu Hause schlafen. Lisa riet davon ab, sie hatte Wind bekommen von einer möglichen Hausdurchsuchung. Doch er: »Ach, morgen fahren wir ins Tessin, dann sieht mich Deutschland nicht mehr!«

Um vier Uhr morgens stand die Polizei im Schlafzimmer. Sie untersuchte die ganze Wohnung, fand aber nichts.

Auf dem Schreibtisch lag immer eine Spielzeugpistole, die Kurt in Carona auf dem Markt gekauft hatte, er zückte sie, richtete sie auf den Polizisten und ließ das Zündplättchen knallen. Der Beamte schlug sie ihm wütend aus der Hand: »Lassen Sie solche Witze!« »Nun, man soll nie den Humor verlieren«, gab Kurt zurück.

»Kläber, machen Sie sich besser bereit! Wir sind seit sechs Uhr in Alarmbereitschaft, man hat den Reichstag angezündet!«

»Wir wollen erst alle Kaffee trinken«, meinte Kurt ruhig, und da trat auch schon das Hausmädchen ins Zimmer mit dem Kaffeekrug und frischen Brötchen. Die Beamten waren sprachlos über Kläbers Gelassenheit.

Sie ließen sich überreden, eine Tasse Kaffee mitzutrinken, dann aber schleppten sie Kurt fort.

Lisa wusste: Kurt ist in Lebensgefahr. Er musste Deutschland sofort verlassen! Doch wohin hatte ihn die Polizei gebracht?

Lisas Bruder, ein Kinderarzt, der noch nie gegen die Nazis agiert hatte, ging zum Polizeipräsidium und sah dort Kurts Akte liegen, nun wusste er, wohin man ihn gebracht hatte. Lisa hatte für einen solchen Fall einen Brief des Kultusministers aufbewahrt, der um das Abdruckrecht von Kläbers Gedicht »Eine Kirche« bat – für das nationalsozialistische Lesebuch.

Mit diesem Brief ging Lisa ins Innenministerium zu Göring. Göring, beleibt und jovial wirkend, kannte Lisa aus dem Rundfunk. Sie zeigte ihm den Brief des Kultusministers: »Und diesen wertvollen Mann Kurt Kläber haben Sie eingesperrt?«

Göring ging ans Telefon. »Gegen Ihren Mann liegt nichts vor«, sagte er, als er zurückkam. »Er ist im Gefängnis Moabit und kommt in einigen Tagen frei.«

»In einigen Tagen? Ich will ihm noch heute seine Zahnbürste bringen.«

Als Lisa im Gefängnis eintraf und sagte, sie wolle ihrem Mann nur eine Zahnbürste bringen, sagte der Wärter: »Es ist gerade ein Befehl vom Innenministerium gekommen, der Mann wird freigelassen!«

Lisas Bruder brachte Kurt noch in derselben Nacht über Dresden nach Zittau. Lisa hatte ihm den Rat gegeben, sofort

Tante Aenne aufzusuchen. Tante Aenne, im Morgenrock und mit schwarzem Haarnetz, rief erfreut: »Da bist du ja, Kurt. Ich habe gestern von der Verhaftung gehört und die ganze Nacht kein Auge zugemacht. Die Lisa hat mir telefonisch signalisiert, ich soll dich über die Grenze bringen.«

»Ach, Tante Aenne«, sagte Kurt, »hüte dich bitte vor der SA. Ich bin ihnen in Berlin nur knapp und unter Lebensgefahr entwischt. Es wird dich nicht wundern, dass es mit mir, dem Freund der Arbeiter, so gekommen ist …«

»Mein lieber Junge, ich bedaure, eine alte Frau zu sein, die nicht mehr zum Revolutionieren taugt! Ich war gegen die Herrschaft der Adeligen. Ich wollte nie, dass die einen auf Kosten der andern leben.«

Und sie schimpfte kurz und heftig über Hitler.

»Hören wir auf zu reden«, sagte Kurt, »ich muss sofort über die Grenze, aber ich habe weder einen Pass noch andere Papiere.«

»Und das will ein Berufsrevolutionär sein?«, spottete Aenne. »Hast du nicht vielleicht einen falschen Pass, das lernt man doch aus Romanen?« Dann ging sie schnell aus dem Zimmer und kam zurück mit einer Chauffeursmütze und einem Mantel. »Du kannst doch Auto fahren? Ich habe meinem Chauffeur nicht getraut und ihn für ein paar Tage beurlaubt. Zieh das an. Sein Grenzausweis steckt im Mantel.«

Einige Minuten später saß Kurt am Steuer, die Fahrt ging eine Höhe hinauf. »Ein Grenzübergang, den wenige benutzen«, sagte sie.

»Wohin?«, fragte ein SA-Mann am Schlagbaum. Unterdessen hatte der Grenzwächter neben ihm die Türe geöffnet und begrüßte die ihm bekannte Dame.

»Die Dame fährt auf ihre tschechischen Werke«, sagte er und schob den SA-Mann zur Seite.

»Danke«, sagte Tante Aenne. Und zu Kurt: »Fahr zu, Johann!«

Abends langte Kurt im Hauptbahnhof Zürich an, Lisa war schon eingetroffen. In ihrem Hotelzimmer schlief das Paar so gut wie schon lang nicht mehr.

Als sie am Morgen durch die dünne Wand im Nebenzimmer jemanden telefonieren hörten, erkannten sie die vertraute Stimme Bert Brechts. Er fragte nach Alfred Döblin. »Hier ist Brecht«, meldete er sich. Kurt sprang auf und klopfte an die Wand.

»Ist da Bert Brecht?«

»Nur unter Umständen«, sagte die Stimme spöttisch.

»Die Umstände sind günstig. Hier ist Kurt.«

Kurz darauf öffnete sich die Tür, Brecht kam herein und umarmte den Freund:

»Ich bin doch auf dem Weg zu dir«, sagte er, »ich habe schon die Fahrkarte für Lugano!«

Sie gingen zusammen zum Frühstück und trafen auf Anna Seghers, Leonhard Frank, Erich Weinert und andere.

Kurt sagte lachend: »Das ist also die gefürchtete Trennung!«

Nun waren Lisa und Kurt gewissermaßen heimgekehrt nach Carona. Brecht war mit ihnen gereist, lebte mit in ihrer Wohnung und zwei Tage später folgte ihm seine Frau, die Schauspielerin Helene Weigel mit den Kindern Steff und Barbara.

Die Diskussionen waren anregend. Kläber wurde gefragt, was er nun schreiben werde? »Ein Buch, in dem ich mit dem Stalinismus und der kommunistischen Partei abrechne.«

Bert Brecht, der Arbeiterdichter, blickte ihn betroffen an. »Wieso?«

»Nun, es handelt vom Kampf der Tessiner um ihre Selbständigkeit im Valle Leventina während des Franzoseneinfalls. ›Heugabelkrieg‹, nannte man diesen bäuerischen Kampf. Ein Häuflein Menschen erklärte Napoleon den Krieg, denn man könne die Freiheit nicht auf den Spitzen der Bajonette von einem Land ins andere tragen. Jedes Land müsse sich seine eigene Freiheit selbst und neu erobern. Ja, Bert, damals wurde das Tessin aus einem Untertanenland ein freies Land.« (Das Buch wird später veröffentlicht unter dem Titel *Der Trommler von Faido*.)

Bert Brecht hatte aufmerksam zugehört. Er musste Kurt recht geben. »Ach, hätten wir nur hundert solche Leute in Deutschland, Hitler wäre unmöglich!«, rief er aus.

Kurt schlug vor, den heiteren Aprilabend zusammen zu genießen, er wolle die Familie Brecht in ein besonderes *Grotto* am Ende des Dorfes einladen! Und zu den Brecht-Kindern: Mal schauen, wer den speziellen Namen der Schenke am Haus findet, wer ihn vielleicht auch lesen und deuten kann!

Sie wanderten erst durch die engen Gassen der alten Ansiedlung, die Hesse »sarazenisch« nannte. Da war so viel Schönheit um die einfachen, aber kunstvollen Häuser: fromme, aber auch freche Malereien, Gitter aus Schmiedeeisen, Gärten mit Blumenschmuck. Hermann Hesse nennt es das Künstlerdorf, erklärte Kurt seinen Freunden: Die einheimischen Maler, Kunstschmiede und Maurer arbeiten im Sommer in den italienischen und französischen Städten, kehren dann, wenn es kalt wird, zu ihren Familien nach Carona zurück und verschönern mit ihren im Ausland erlernten Künsten das Bergdorf.

Am Ausgang des Ortes gelangten sie zu der einfachen Schenke. Alle sechs nahmen an einem der Granittische Platz, der Wirt erschien und schenkte den Rotwein in Tassen ein, die Kinder tranken Apfelsaft. Kurze Zeit später brachte die Wirtin randvoll mit Spaghetti und Sugo gefüllte Teller.

Steff, der bald acht Jahre alt war, entdeckte vorne am Haus das Wirtshausschild und buchstabierte: *Canvetto del pan perdü.* – »*Pan*, das heißt Brot«, erklärte Vater Bert. »Und *perdü* wohl verloren?«

Kurt nickte. Die Wirtsleute haben in Italien bei einem Erdbeben ihr Geld verloren, nun versuchen sie in diesem Bergdorf vom Ertrag dieser kleinen Kneipe zu leben.

»Passt diese Geschichte nicht auch zu uns?«, sagte Bert Brecht nachdenklich. »Wir erlebten in unserer Heimat ein politisches Erdbeben. Doch die Schweizer Fremdenpolizei verbietet uns, Brot zu verdienen, wir dürfen keine Texte veröffentlichen. Warum? Man fürchtet wohl, unsere Arbeiterpoesie und Theaterstücke seien zu aggressiv. Oder ist es Angst vor der fremden Konkurrenz, die Einheimischen wollen schließlich auch gelesen werden?«

Lisa nickte. »Wo sollen wir Schriftsteller denn unser Brot finden? Unser Geld schmilzt wie Märzschnee ...« Zum ersten Mal sah man auf dem weichen Gesicht der Märchenfrau tiefe Sorge. Ihre Aufgabe war es, in den Läden für alle täglich einzukaufen.

Zum Glück kam eine Woche später die dänische Schriftstellerin Karin Michaelis zu den Kläbers auf Besuch.

Sie machte im nahen Lugano Ferien und war überrascht, den berühmten Bert Brecht mit Familie in der Wohnung der Kläbers anzutreffen. Sie spürte die schwierige finanzielle Lage dieser erweiterten Gemeinschaft von Schriftstellern. Zudem war das Zusammenleben mit den Brechts für die Kläbers wohl nicht ganz einfach.

Bert war die ganze Zeit unzufrieden und niedergedrückt: Carona war ihm zu abgelegen, zu weit weg von Deutschland und seiner deutschen Sprache und seinen Theatern! So oft es ging, reiste er zu den Theaterleuten nach Zürich und wollte sie für Aufführungen seiner Stücke begeistern. (Erst 1941 wird das im Schauspielhaus Zürich gelingen, in den Dreißigerjahren wird nur im Volkshaus eines seiner Stücke aufgeführt.) »Ich zöge lieber heute als morgen fort aus der teuren Schweiz«, sagte er zu Karin Michaelis, »am liebsten würde ich mit dem nächsten Schiff nach Amerika ausreisen!«

Karin Michaelis überlegte.

»Lieber Bert, zwar kann ich deiner Familie keinen Aufenthalt in Übersee verschaffen, doch wie wäre es für euch, eine Zeit im dänischen Svendborg zu verbringen? Ich fahre nächste Woche nach Hause und könnte dort eine Unterkunft vorbereiten. Wenn ihr einverstanden seid, werde ich euch Ende Juni abholen.«

»Und du, Lisa«, sie blickte von ihrem Sessel auf zu der vor ihr stehenden, kleinen, nach wie vor etwas gehbehinderten Frau: »Du solltest einen Monat oder länger ebenfalls zu uns nach Dänemark kommen. Ein Tapetenwechsel wird dir guttun! Du wirst auch in den Schulen, wo deutsche Literatur gelehrt wird, für Lesungen bezahlt!«

Lisa blickte zu Kurt hinüber.

»Liebe Lis, ich bin einverstanden«, sagte er. Und er dachte: Die Michaelis hat recht, die Lisa scheint mir am Ende ihrer Kräfte.

»Aber du, Kurt? Ganz allein?«, fragte Lis.

»Klar, ich bleibe da, ich bin am liebsten in Carona.«

»Erinnerst du dich, Kurt, dass auf unsere Bitte hin zehn jüdische Flüchtlingskinder nächsten Monat in Carona aufgenommen werden? Für Essen und Schlafen ist bei guten Leuten gesorgt, doch wir haben versprochen, sie täglich zwei Stunden zu unterhalten und zu unterrichten?«

»Keine Sorge, Lisa. Ich bleibe dafür zuständig, auch wenn du erst in zwei Monaten zurückkommst. Was habe ich deinem Vater gesagt? Wir brauchen uns nicht physisch fortzupflanzen, wir pflanzen uns gemeinsam fort durch unsere Bücher. Kinder? Die kommen von selbst. Warum? Sie spüren unsere Zuwendung, wir füttern sie mit Gedichten und Geschichten.«

Lisa ging auf ihren Kurt zu und küsste ihn.

Wie versprochen, las Kurt seinen Flüchtlingskindern täglich vor.

Da ihm die Geschichten allmählich ausgingen, fand er auf Lisas Schreibtisch ein Dossier mit Zeitungsartikeln über arme Tessiner Buben, die wegen der Not der armen Bergbauern bei einem Kaminfegermeister in Mailand als Gehilfen verdingt wurden. Mager und klein wie die stets hungernden Kinder damals waren, eigneten sie sich besser als

Erwachsene in die vom Ruß geschwärzten schmalen Kamine der Stadthäuser hochzusteigen… Das harte Leben dieser Kinder bewegte Kläber, eine Geschichte für die Jugend zu schreiben. Jeden Abend entwarf er neue Szenen, schließlich schickte er zwei vollgeschriebene Hefte nach Dänemark zu Lisa. Da er Schreibverbot hatte, bat er, das Manuskript in einem Verlag unter Lisa Tetzners Namen zu veröffentlichen.

Lisa Tetzner hatte bereits gelegentlich ihren Namen unter Gemeinsames gesetzt, nun aber war sie unzufrieden mit Kurts Entwürfen. Sie setzte sich hin, versuchte das Manuskript zu retten, strich ganze Passagen, schrieb Passagen dazu.

Zurück in Carona erklärte sie: »Lieber Kurt, du hast zu wenig Ahnung, wie ein Kinderbuch zu schreiben ist. Es klingt alles zu umständlich, zu weitschweifig.«

Kurt sah ein, dass Lisa über mehr Erfahrung verfügte und war einverstanden, dass sie ein neues Manuskript schrieb. Es erschien 1940 in zwei Bänden unter dem Titel *Die schwarzen Brüder* von Lisa Tetzner (zusammen mit Kurt Kläber) im Sauerländer Verlag, Aarau.

Nicht nur die Kinder, auch die Erwachsenen von Carona nahmen Anteil am Schicksal der Kläbers. 1935 wurden die Tetzner-Bücher in Deutschland verboten, nach einem Angriff in dem SS-Blatt »Das schwarze Korps« verlor die Autorin auch ihren deutschen Verlag.

Das Brot war rar geworden, für die Emigranten sah es düster aus, Kurt aber blieb gelassen.

In der Zeit, als Lisa in Dänemark war, wanderte er oft zu der einsamen Waldkirche »Madonna d'Ongero«, Hermann

Hesse hatte ihn vor Jahren das erste Mal hierhergeführt. »Als deutscher Protestant liebe ich diese Waldkirche und bewundere die Tessiner, die in ihren Nöten an die Hilfe des Himmels glauben«, hatte Hesse zu ihm gesagt. Der kindliche Glaube des Volkes sieht den Himmel nicht leer, sondern voll von hilfreichen Engeln und Heiligen, das macht das Leben der Erdenbewohner froh und entspannt, man hat ja Hilfe, braucht nur vertrauensvoll darum zu bitten.

Hilfe kam für die Kläbers 1936.

Eine noch junge deutsche Bekannte, Maria Klöpfer, starb in Caslano bei Lugano, sie hatte die Nazis ebenso gehasst wie die Kläbers. Ihr beträchtliches Vermögen vermachte sie den darbenden deutschen Emigranten. Die Kläbers wurden völlig überrascht von diesem Erbe. Auf die Frage, was er denn mit dem Geld tun wolle, hielt Kurt den Kopf gesenkt, sagte dann ruhig: »Ich kaufe für uns Land. Ich bin entschlossen, Bauer zu werden, was sonst soll ich ohne Arbeitserlaubnis tun?«

So kaufte er hinter ihrem gemieteten Haus ein Stück Land, beteiligte sich an einer Kuh und am Schwein des Nachbarn und ging jeden Morgen zur Landarbeit aufs Feld mit den Bauern des Dorfes. Und sie wurden Selbstversorger, brauchten nicht mehr zu hungern.

1937 dann eine weitere freudige Nachricht, für Lisa: Sie erhielt am Kantonalen Lehrerseminar in Basel das Amt einer Dozentin für Sprecherziehung. Zum Glück hob die Fremdenpolizei ihr Arbeitsverbot auf, und die Anstellung in Basel, die sie zwei Tage in der Woche in die Rheinstadt führte, blieb ihr bis in die Mitte der Fünfzigerjahre erhalten.

Obwohl Kurt Kläber wegen Stalins Herrschaft 1938 mit der kommunistischen Partei brach, wurde dem Schriftsteller-Paar im selben Jahr die deutsche Staatsbürgerschaft aberkannt. Zehn Jahre später, nach dem Zweiten Weltkrieg, erhielten sie beide das Schweizer Bürgerrecht.

Kurt war müde, und seine Enttäuschung wegen des Kaminfegerkinder-Manuskripts dauerte an, das Paar diskutierte immer wieder über die beste Art, ein Kinderbuch zu schreiben.

Da fuhren Lisa und Kurt mit einem deutschen Freund nach Jugoslawien. Sie machten einen Halt in dem kroatischen Dorf Senj, und aus unerklärlichen Gründen bestand Kurt darauf, in diesem unscheinbaren Nest zu bleiben. Sie bezogen ihre Hotelzimmer, gingen dann auf den Marktplatz, um etwas zu essen. Kurt zeigte auf einen halbwüchsigen Jungen, der ihm schon auf der Herfahrt im Auto aufgefallen war: »Dieser Bursche gehört in meine neue Geschichte«, sagte er und lud ihn spontan zum Essen ein. Da näherte sich ihrem Tisch ein etwa dreizehnjähriges Mädchen mit brandrotem Haar, sie hatte eine Gruppe Kinder um sich, die ihr wie untertan erschienen.

»Wer ist das?«, fragte Kurt den Kellner.

»Die rote Zora«, sagte der lachend. »Die Polizei ist hinter ihr und ihrer Bande her. Sie kämpfen um ihr Brot und für Gerechtigkeit, da gibt es in Senj viel zu tun. Auch dieser Branko Babitsch an ihrem Tisch gehört dazu.«

Kurts Müdigkeit war wie weggeblasen.

Am nächsten Tag stieg er mit Branko und dem rothaarigen Mädchen hinauf auf eine Burg hoch überm Meer, die

Kinder, die zur Bande gehörten, ließen Kurt schwören, während seines Aufenthaltes in Senj über alles zu schweigen, dann zeigten sie ihm ihre Verstecke.

Zurück im Tessin begann Kurt wie atemlos zu schreiben. Nach einigen Wochen drückte er die Blätter Lisa in die Hand: »Da – mein neues Buch!«

Lisa las es fasziniert: »Kurt – da ist nichts zu korrigieren und zu streichen! Das wird ein Erfolg und muss unter deinem Namen erscheinen. Und wenn das nicht geht, dann unter einem Pseudonym!«

Der Verleger Sauerländer, von dem Manuskript ebenfalls begeistert, stimmte auf Kurts Vorschlag hin für den Künstlernamen Kurt Held, Held war der Mädchenname von Lisas Großmutter, die aus der Innerschweiz stammte. Der neue Kinderbuch-Autor Kurt Held war geboren, das Buch wurde zum Liebling einer ganzen Generation von jugendlichen Lesern.

Als nach dem Zweiten Weltkrieg Filmrechte der *Roten Zora* verkauft wurden, bauten die Kläbers auf dem neu erworbenen Land ein Haus. Sie nannten es, zur Erinnerung an die Schenke »Canvetto del pan perdü« und im Gedenken an die großzügige Erbschaft von Maria Klöpfer, »La cà del pan trovà«, »Das Haus des gefundenen Brotes«.

Lisa Tetzner und Kurt Kläber verfügten, dass nach ihrem Tod Schriftsteller hier ihr Brot finden sollten, mit wenig finanziellem Aufwand sollten sie sich in diesem Haus zurückziehen und Bücher schreiben können.

Danke, Lilly!
Lilly Volkart und die Flüchtlings-
kinder von Ascona

Eine schlanke Frau Ende Vierzig stieg in der Dämmerung eines Februarnachmittags 1943 den steilen, hier und da noch gefrorenen Waldpfad hinauf, der ihr den Weg zum Haupthaus des Monte Verità abkürzte. Sie wollte den Besitzer des Monte Verità um den Gefallen bitten, ihr das kleine Chalet am Rand der Siedlung zur Miete zu überlassen, denn das Schweizerische Hilfswerk für Emigrantenkinder hatte eine Gruppe neuer Kinder angemeldet.

Sie blickte zu den zwei Felsen hinten im Waldpark, glitt dann in ihrem leichten Schuhwerk auf dem Pfad aus, ein Schatten hinter der Tannengruppe hatte sie unsicher gemacht.

Sie fing sich, blieb abrupt stehen: »Hallo?«

Aus dem Schatten des Felsens löste sich die Gestalt eines jungen Mannes:

»Wir suchen das Kinderheim von Ascona«, sagte er auf Französisch. »Ich soll ein Kind zu Lilly Volkart, der Leiterin des Heims, bringen!«

Jetzt tauchte neben ihm ein Mädchen auf, sein Blick ängstlich, das dunkle Haar von einem Kopftuch bedeckt.

»Das Kinderheim?«, sagte die Frau. »Dann sind Sie hier richtig. Das Haus ist in der Nähe, und ich bin Lilly Volkart.«

»Chère Madame, das trifft sich ja gut!«, sagte der junge Mann erfreut. »Ich heiße Luc Delon, Helfer im Genfer Hilfswerk ›Les Charmilles‹. Man hat mich beauftragt, dieses Kind sicher nach Ascona zu führen: teils mit Fuhrwerken, teils zu Fuß! Im Februar wahrhaftig kein leichter Weg«, er lachte ein bisschen. Dann griff er nach seinem schwer beladenen Rucksack hinter sich, dem Mädchen drückte er einen kleinen verbeulten Koffer in die Hand.

Lilly Volkart ging auf das Kind zu, das sie auf elf Jahre schätzte. »Wie heißt du, ma petite?«

»Inge Marchfeld.«

»Marchfeld? Dann sprichst du vielleicht auch Deutsch?«

»Ja, ich bin in Wien geboren. Doch seit ich sechs Jahre alt war, habe ich erst in Belgien, dann in Frankreich immer Französisch sprechen müssen. Nur mit meiner Mama nicht«, das Kindergesicht erhellte sich, »sie schwätzte mit mir auf Wienerisch!«

Inge habe einen langen Fluchtweg hinter sich, sagte ihr Beschützer. Sie sei erst in einem Lager bei Marseille, dann in einem Kinderheim gewesen, von dort aus habe eine Fluchthelferin sie mitgenommen über die Schmuggelpfade in den Bergen, immer der Schweiz zu, dann beim Mont Salève über die Grenze.

»Bei einem Zwischenhalt im Hilfswerk ›Les Charmilles‹ trafen wir auf eine Dame vom Schweizer Hilfswerk für Flüchtlingskinder, Nettie Sutro. Sie hat sich Inges Geschichte angehört und dann entschieden: ›Sie gehört nach Ascona ins Heim von Lilly Volkart. Die Häuser in Ascona sind einfach eingerichtet, vielleicht nicht so ordentlich wie andere, aber den Kindern, die in dieser liebevollen familiären Umgebung leben dürfen, kann man gratulieren …‹«

»Schön, ich werde davon noch Näheres hören«, sagte Lilly, »doch jetzt sind Sie beide wohl zu erschöpft.«

Den Plan zum Monte Verità hochzusteigen, hatte sie schon aufgegeben mit dem Vorsatz, den Gang am nächsten Morgen zu erledigen …

»Wir gehen jetzt ins Kinderheim, es gibt etwas Vernünftiges zu essen«, sagte sie. »Dann richte ich in der Casa Bianca ein Bett für Inge, aber auch Sie, Luc, werden diese Nacht bei uns ausruhen können. Folgen Sie mir langsam mit Ihrem Gepäck, der Waldpfad ist gefroren!«

Hinter dem Wald – er gehöre der Gemeinde Ascona, sagte sie, aber unsere Kinder dürfen hier spielen –, sah man die altertümlichen hellen Mauern der Casa Bianca in den Hang der Collinetta hineingebaut. Von der Rückseite her gelangten sie in die ebenerdige Küche, hier war es warm und roch einladend nach Essen, am altmodischen Holzherd hantierten ein älteres Mädchen und zwei Jungen.

Offensichtlich froh, dass ihre Heimleiterin schon zurück war, baten sie Lilly, einen Blick in die Kochtöpfe zu werfen. »Oh, ihr wart tüchtig«, lobte sie, »die Minestrone ist schon fertig! Und hier der Salat mit den Bratkartoffeln! Wir können sofort essen, ich habe zwei hungrige Gäste mitgebracht!«

Sie öffnete für Luc im kellerartigen Flur noch das Gästezimmer und ein Bad. Das Mädchen führte sie hinauf in den oberen Stock, neben ihrem Büro, in einem Nebenkämmerchen, befinde sich ein Feldbett für Inges erste Nacht.

»Morgen gehen wir durch alle Zimmer, dann wirst du die Kinder kennenlernen und wählen, mit welcher Gruppe du zusammenwohnen willst!«

Im Flur ertönte ein Gongschlag, Zimmertüren flogen auf. Mädchen und Jungen aller Altersstufen stürmten in den Essraum, der auch ›die»Stube« hieß, und drängten sich um die Tische, Luc und Inge durften neben Lilly Platz nehmen. Mit ihrer Handglocke gab Lilly ein Zeichen, das Stimmengeschwirr, in dem man französische, deutsche und italienische Wortbrocken vernahm, verstummte. Lilly begrüßte die beiden Gäste: »Der junge Mann Luc kommt aus Genf, er hat Inge zu uns gebracht. Luc wird nur heute bei uns sein, doch Inge, die in Wien geboren ist, wird bei uns im Heim bleiben.«

»Hallo, Inge«, riefen ihr ein paar Kinder zu. Dann stimmte eine Hilfsleiterin erst auf Französisch, dann auf Deutsch ein kleines Willkommenslied an.

Die Suppe aß man schweigend, man hörte nur die Löffel klingen. Nach Art der Tessiner Minestrone blieb der Löffel in den Gemüsen und Wurstscheiben stecken, Luc fand, diese dicke Suppe sei eine ganze Mahlzeit, sie schmecke nicht nur, sie nähre auch! Er wolle sie in seinem Heim in Genf einführen!

Lilly freute das. Sie blickte zu Inge hinüber und sah, dass das Mädchen neben ihr stumm, mit halb geschlossenen Augen aß.

Nach dem zweiten Gang, Bratkartoffeln und Salat für die Hungrigen, fragte sie Inge: »Möchtest du gleich zum Schlafen in dein Kämmerchen verschwinden? Oder trinkst du mit mir noch einen Abendtee?«

Das Kind zuckte die Achseln, zu müde, um zu entscheiden.

Drüben in Lillys Büro, in dem sie auch schlief, hatten sich ein paar der Kleinen auf die Bettkante gesetzt, eines wollte die schmerzende Zehe verbinden lassen, ein anderes getröstet werden und alle zusammen erwarteten wohl eine kleine Süßigkeit? Lilly reichte dann auch eine Schachtel mit Schokoladetalern herum, die Kleinen strahlten.

»Nur ein Bettmümpfeli, hört ihr? Dann ab zum Zähneputzen!«

Inge stand dabei und murmelte leise das schwierige Wort »Bett-mümp-feli« vor sich hin »... Ah, meine Mutti in Wien nannte das Betthupferl!« Die Erinnerung erhellte ihr Gesicht.

Nun erschien Luc in Lillys Büro, um sich zu verabschieden. Er umarmte Inge: »Adieu, tapferes, kluges Mädchen. Ich hoffe dich wieder zu sehen!« Und dann zu Lilly: »Ich habe im Speisesaal einen Freund aus Genf entdeckt. Er besucht in Ascona das Gymnasium. Sein Onkel hat einen Gemüseladen im Dorf und wird mich morgen ganz früh mit seinem Fuhrwerk ein Stück mitnehmen können. Madame Lilly, ich danke, man fühlt sich hier wie zu Hause!«

»So kommen Sie wieder einmal her, Luc! In der Küche liegt eine Tüte mit Proviant! Gute Reise morgen!«

»Und nun, liebe Inge, setz dich auf diesen bequemen Stuhl ... Gleich kommt ein Mädchen aus der Küche mit dem Tee!«

»In Wien trank ich mit Mutti immer Abendtee ... Gerne, Madame ...«

Lilly lächelte: »Inge, die Kinder sagen mir hier alle du und nennen mich Lilly. Ist das so auch gut für dich?«

»Merci, Madame… Ach nein«, sie tippte sich lachend an die Stirn, »ich darf ja jetzt wieder wie in Wien sprechen: Danke, Lilly!«

Im Haus wurde es langsam still. Im Zimmer der Kleinen, die nun in ihren Betten lagen, erzählte ein Junge noch eine Nachtgeschichte. Die größeren Mädchen suchten im Dachgeschoss der Casa Bianca ihr Nachtlager auf, wer schon vierzehn und älter war, wohnte in der Casa Cedro.

Auch um die Heimmutter und ihr neues Heimkind war es still geworden.

Auf einem Tischchen stand das Tablett mit dem Abendtee… doch Inge saß da, im Geiste weit fort, als laufe ein Film über ihre weit aufgesperrten Augen. Fluchtgeschichten. Selten erzählten die Emigrantenkindern in der ersten Zeit von diesen Erlebnissen, besser so. Innere Verletzungen waren noch nicht vernarbt, latente Ängste konnten neu aufflammen… Die Heimmutter wusste, es genügte, mit allen Sinnen wach und anwesend zu sein, auf kleine Signale zu hören.

»Reden kann man mit vielen, aber nur mit wenigen schweigen«, hatte auch Inges Mutter oft an den Abenden im Camp de Gurs gesagt.

Gurs im Südwesten Frankreichs, das größte und vielleicht schlimmste aller Lager, wo Mensch an Mensch auf Stroh lag, in lausigen Baracken, Regen durch die Dächer drang, am Boden ein bisschen Heu, in dem sich die Ratten tummelten. Und doch war es dem Kind Inge gelungen,

meist frierend und hungrig, in den Armen der Mutter ein-
zuschlafen.

Inge war erleichtert, an diesem Abend nicht sprechen zu
müssen. Wie mit ihrer Mutter konnte man mit Lilly schweigend beisammen sein, die stumme Zuwendung des Gegenübers spüren.

Lillys kleiner Hund Muckel, der seinen Schlafplatz in der
Nische ihres Schreibtischs hatte, spürte ebenfalls die Ent-
spannung. Wenn seine Herrin das Gröbste ihres Tagwerks
hinter sich hatte, machte er sich leise auf, hinüber zu Lillys
Stuhl, drückte sich an ihre Beine und erwartete ein paar
Streicheleinheiten.

Auch die feine Hand des neuen Mädchens tat ihm wohl.

»Der Muckel mag dich auf Anhieb«, sagte Lilly. »Habt
ihr in Wien auch einen Hund gehabt?«

Da wurde Inge hellwach: »Und was für ein Schlitzohr,
einen Dackel! Muttis Liebling, weißt du.«

Und Oscar, so hieß er, war sehr klug. Er spürte, wer uns
freundlich und wer uns feindlich gesinnt war.

Als Hitler bei uns in Österreich einfiel, besuchten uns
abends zwei Nazioffiziere. Unser Dackel knurrte sie an, zog
an ihren Hosenbeinen.

Das verstärkte die Wut der Offiziere: »Jüdische Kleider-
läden tolerieren wir in Wien nicht mehr!«, sagten sie und
hielten Papa einen Zeitungsartikel mit den neuen Bestim-
mungen unter die Nase.

»Juden? Sind wir denn Juden?«, fragte ich meinen Papa.
Ich war damals fast sechs Jahre alt und hatte noch nie davon
gehört.

Vater hatte keine Zeit, auf meine Frage zu antworten.

Die Zudringlichkeit der Nazis erboste ihn: Ich bitte jetzt, mein Haus sofort zu verlassen, sonst rufe ich nach der Wiener Gendarmerie! Da lachten die Uniformierten laut auf: »Die haben in Wien nichts mehr zu sagen, jetzt befehlen wir! Sie, Herr Marchfeld, haben sich morgen früh an der Sammelstelle einzufinden – Leute wie Sie werden künftig noch viel zu lernen haben!«

»Papa musste so etwas vorausgeahnt haben, sein Koffer war schon gepackt, in dieser Nacht noch floh er nach Belgien. Mutti und ich folgten ihm einen Monat später nach Brüssel. Ohne Oscar. Wir mussten ihn bei den Nachbarn lassen.

Zwei Jahre waren wir in Belgien, dann kam Hitler auch dorthin. Wieder mussten wir fliehen, diesmal nach Frankreich. Doch kaum waren wir in Marseille, waren die Hitlerleute auch schon wieder da, wir hatten Angst in Frankreich, und Hunger.«

Ilse fing an zu schluchzen. »Ja, weine nur, Kind«, sagte die Heimmutter. »Du hast mir viel erzählt, das tut arg weh …«

»War ja bloß der Anfang von allem Schlimmen«, presste das Kind schluchzend heraus: »Meine Eltern wurden deportiert. Ich sah sie wegfahren, in einem übervollen Zug! Ich weiß nicht, ob sie noch leben …«

Inge saß jetzt weinend auf dem Stuhl, Stirn und Augen mit der einen Hand bedeckt, vorsichtig strich Lilly über ihr langes dunkles Haar. »Uns bleiben noch viele Abende, Inge. Hier sind fast achtzig Kinder zu betreuen, aber ich werde immer da sein, wenn du mich brauchst. Dein Bett ist ge-

richtet, du wirst einschlafen können nach unserem Kräuter-
tee. Schlafe morgen aus. Wenn du wach bist, kannst du mit
meiner Handglocke läuten, dann frühstücken wir zusammen … Vom zweiten Morgen an wirst du schon viele Kinder kennen und gerne mit ihnen gemeinsam essen.«

Anderntags, der Morgenhimmel zeigte über den Kronen
der Bäume ein zaghaftes rötlich gesprenkeltes Blau, richtete
Lilly unten in der Küche die Zutaten für Mittag- und
Abendessen, Lucs Esspaket lag nicht mehr neben dem
Herd, er war schon weg. Wie jeden Morgen sorgte Lilly
dafür, dass die Hühner im Hof etwas zu picken hatten, dass
die vier Katzen ihre Milch bekamen, und für ihren Muckel
kochte sie seine Hunde-Polenta und hoffte, dass sie noch
leicht nach Fleisch roch.

Dann ging sie hinauf in die Stube, um mit Inge zu frühstücken. »Hast du schon gesehen, Inge, dass sich der Himmel über Nacht aufgeklart hat?« Als Inge verneinte, schau-
ten sie zusammen zum Fenster hinaus, Wolken hingen noch
an den Bergflanken, doch die Februarsonne schien und
man konnte an Frühling denken. »Wir wollen bald zusammen an die frische Luft, zum Monte Verità. Doch erst mal
schauen, wo du heute Nacht schlafen willst!«

Inge war wieder schweigsam geworden, auch bei der
Besichtigung der Zimmer, wo einige Kinder noch Betten in
Ordnung brachten. Erst oben unter dem Dach, in einem
Mädchenzimmer, entlockten ihr die Kajütenbetten ein La-
chen: »Das sieht ja lustig aus, wie in einem Ferienlager!«

»Ja, hier schlafen sieben Mädchen, ein eingeschworener
Club, der sich ›die tolle Sieben‹ nennt!«

»Wo sind sie denn jetzt?«

»Sie verrichten ihre morgendlichen Aufgaben: Schulunterricht, Kochkurs, Hausämtchen ...«

Lilly gelang es, drei Bewohnerinnen des Kajütenzimmers herbeizurufen, lachend kamen sie angerannt ... Und die Heimleiterin stellte ihnen Inge, die Neue, vor: »Unsere Wienerin, sie feiert im März ihren elften Geburtstag!«

»Oh, dann mache ich ihr einen russischen Pudding«, rief Marlene, die gerade in der Küche süße Desserts zubereiten lernte.

»Schlabber-schlabber-schmatz, Geburtstag hat mein Schatz!«, rief Greti, ein Mädchen von kleinem Wuchs und mit abstehenden blonden Zöpfen.

»O weh, Greti, freu dich nicht zu früh!«, rief Marlene. »Im März gibt es fast täglich Geburtstage, du musst mir beim Puddingmachen helfen!«

»Russischer Pudding? Wie macht man den?«

Inge lachte: »Nun, ihr beide, was mich betrifft, könnt ihr beruhigt sein! Zum Glück bin ich erst am 31. März geboren, bis dahin habt ihr wohl mit Puddingmachen Übung!«

Jetzt ließ sich auch Mona, das dritte Mädchen mit der dunkeln Ponyfrisur vernehmen, es hatte bis jetzt die Neue nur stumm gemustert: »Inge, du weißt wohl, wir sind die tolle Sieben! Aber ich denke, wir könnten ganz gut auch die tolle Acht sein! Mir scheint, du bist ganz in Ordnung!«

»Ja, prima, bleib doch bei uns«, rief Marlene. »Bei mir ist noch ein Bett frei! Willst du in der Höhe schlafen oder gefällt dir die Bodenlage besser?«

Inge mochte diese Marlene, sie hatte ruhige, schöne Gesichtszüge und trug das gewellte Haar kurz.

»Nun, entscheiden kannst du dich später«, sagte die Heimleiterin. »Wir gehen erst an die frische Luft, ich muss den Besitzer des Monte Verità – er ist ein reicher, kunstsinniger Mann aus Deutschland – für unser Heim um einen Gefallen bitten. Heute ist die Luft voll Sonne, der Himmel wie reingewaschen, das bringt für meine Verhandlungen Glück!«

Inge freute sich, dass sie Lillys Muckel an der Leine mitführen durfte. Die Sonne schien auf ihren Kopf, in der Tiefe sah sie den blanken See, sie atmete auf.

Doch kaum ein paar Schritte weg von der Casa Bianca, flüsterte ihr Lilly zu: »Nicht zurückblicken! Hinter uns kommt ein seltsamer Nachbar. Zum Glück geht er langsamer als wir, sein eines Bein wurde im Krieg verletzt. Er ist in Deutschland ein hohes Tier bei der Nazipartei und hasst mich!«

Inge blieb jedoch unbeeindruckt: Sie habe sich an solche Menschen in Frankreich massenweise gewöhnen müssen.

Sie mussten tüchtig ausgeschritten sein, den Nachbarn hatten sie weit hinter sich gelassen. Vor ihnen stand das Hotel »Monte Verità« im modernen Bauhausstil. Gläserne Veranden blitzten in der Sonne. Eine junge Frau in einem bodenlangen rosafarbenen Negligé blickte von einem der Balkone herab, sie hielt eine Zigarette zwischen den Fingern und winkte.

»Auf dem Hügel ist die Eleganz eingezogen«, sagte Lilly lächelnd. Früher habe es hier auf dem Hügel nur einfache Holzhütten gegeben, von Schriftstellern bewohnt und von Philosophen, die die Menschheit verbessern wollten. »Doch jetzt hat ein Bankier die Idealisten abgelöst. Du wirst ihn gleich kennenlernen, ein freundlicher Mensch, mehr Kunstkenner als Geldmensch, er ist unserem Heim gewogen.«

Sie banden Muckel vor dem Gebäude an einen Baum, gingen eine Treppe hoch und traten in einen Saal, in dem überall Kunstgegenstände aus fremden Kulturen zu sehen waren. Im hinteren Teil des Raums, an einem wuchtigen Tisch, saß der Besitzer des Berges, Eduard von der Heydt. Lilly musste schon einige Male mit ihm verhandelt haben, sie begrüßte ihn auf ihre unbeschwerte Art, stellte auch Inge, das neue Heimkind, vor: Es ist von Marseille aus in die Schweiz geflohen. Ein junger Genfer hat das Mädchen gestern Abend nach Ascona gebracht. Doch bald werde ich noch eine Gruppe Flüchtlingskinder aufnehmen müssen, es fehlt an Platz. Ob wir Ihr hübsches Chalet am Rande des Monte mieten können?

Unterdessen ging vorne im Saal die Glastüre auf, der seltsame Nachbar näherte sich langsam und leicht humpelnd, auf einen Stock gestützt. Ungeniert kämpfte er sich durch zu Eduard von der Heydt, indem er die kleingewachsene Volkart einfach zur Seite stieß: »Aha, die bettelt wohl wieder für ihre jüdischen Gören! Ein NSDAP-Mitglied wie Sie, werter Herr von der Heydt, müsste das radikal abstellen!«

Der große kahle Kopf des Bankiers und Kunstsammlers war rot angelaufen: »Bitte treten Sie zurück, Herr Gauleiter! Warten Sie dort drüben auf der chinesischen Bank! Sie sollten wissen: Jüdische Kinder stören mich nicht. Auch meine zweite Frau ist Jüdin! Zudem sind wir hier im schweizerischen Tessin!«

Dann, leise, zu Lilly Volkart gewandt: »Ich musste diesem Mann eine Wohnung geben, leider ganz nahe beim Kinderheim, das dürfte unangenehm sein für Sie und Ihre Kinder. Man hat mich von Deutschland aus unter Druck gesetzt. Doch jetzt, liebe Frau Lilly, zu Ihrem Anliegen. Ich bewundere Ihre stete Arbeit für die Flüchtlingskinder. Die Kinder scheinen bei Ihnen glücklich zu sein, auch die schwierigen Charaktere, mit welcher Pädagogik machen Sie das bloß?«

»Mit gesundem Menschenverstand und viel Liebe.«

Herr von der Heydt schmunzelte. »Hören Sie, ich überlasse Ihnen das Chalet zu einem günstigen Preis. Wenn Sie wollen, kann ich aus unserem Hotel noch Betten organisieren. So wird das Haus, das ja Chalet Gentil heißt, ein guter Ort!«

»Vous êtes gentil, Monsieur von der Heydt«, sagte Lilly und bedankte sich mit einem Lächeln und einem Händedruck.

Gegen Abend wollte Lilly von Inge Bescheid haben, wo sie fortan schlafen wolle: »Das Kajütenzimmer und die lebhaften Mädchen haben dir doch gefallen?«

Inge druckste herum: »Ja, schon.«

»Aber …?«

»Oh, Lilly, bitte lass mich noch ein paar Abende im Kämmerchen in deiner Nähe schlafen.«

»Ach wo, Inge! Hast du denn Angst vor diesen Mädchen? Sie sind alle in deinem Alter!«

»Schon. Doch ich bin zu müde und zu traurig, um mit ihnen dauernd Scherze zu machen.«

»Warum? Glaubst du, sie verlangen das?«

»Die Mona und die kleine Greti sind Scherzkekse.«

»Und die Marlene?«

»Mit ihr könnte ich mich wohl verstehen …«

»Weißt du was, heute Abend beim Nachtessen setze ich euch beide zusammen. Ihr müsst euch kennenlernen. Wie die Marlene zu mir kam vor einem Jahr, ging es ihr wie dir, sie war sehr müde und voll schwerer Gedanken, weil ihre Eltern so wie die deinen von einem französischen Lager aus nach Osten deportiert worden sind.

Ihr habt Ähnliches erlebt, Inge. Ihr müsst zusammenhalten.«

Lilly sah während des Abendessens, dass Inge und Marlene sich rasch in ein ernsthaftes Gespräch vertieft hatten. Marlene, ein Jahr älter, forderte Inge auf, aus ihrem Leben zu erzählen.

Sie schilderte ihre Zeit in Gurs.

»Deine Erlebnisse gleichen den meinen in einem anderen Lager in Südfrankreich. Ich sehe, Inge, wir beide hatten Angst und Hunger, wir konnten keine normalen Kinder sein. Du musst hier bei Lilly eine Aufgabe bekommen. Nach allem, was ich höre, bist du kaum mehr als zwei oder drei Jahre in eine richtige Schule gegangen? Stimmt das?«

Inge nickte und wurde dabei ein bisschen rot.

»Du brauchst dich nicht zu schämen, so ähnlich stand es um mich auch vor einem Jahr! Ein Glück, dass wir beide hierhergekommen sind! Lilly hat damals geduldig gewartet, bis ich aus all dem Kummer zurückfinden konnte in einen Alltag, sie hat mich beschäftigt und abgelenkt, damit ich nicht ständig an meine durchgemachten Schrecken dachte. Zusammen mit anderen Kindern ging ich dann hier im Heim zur Schule, ich hatte ein strenges Lernprogramm.«

»Das wäre wohl auch für mich gut,« sagte Inge.

»Ja, Inge, denk an deine Zukunft! Was möchtest du werden, hast du schon eine Idee?«

»Ich liebe Tiere, ich wäre gern Tierpflegerin. Vielleicht sogar Tierärztin …«

»Dann besuche spätestens nach Ostern die Heimschule, der Unterricht ist gut, du wirst Lücken aufholen und schnell vorankommen. Deine Eltern würden dir, wenn sie könnten, in diesem Sinne raten …«

»Ja, die Eltern …«

Inges Frage, ob sie wisse, ob ihre Eltern noch lebten, ließ Marlene einen Moment verstummen.

»Seit ich in der Schweiz bin, habe ich kein Lebenszeichen mehr erhalten. Lilly hat eine Nachfrage gemacht durch das Rote Kreuz, doch die Konzentrationslager haben dichte Mauern, da sickern keine Nachrichten durch. Ich glaube, sie sind wohl beide tot«, sagte sie mit tonloser Stimme. Blickte dann weg, begann zu weinen. Inge legte den Arm um ihre Schultern, sie weinten jetzt zusammen, auf eine stille Art, die an den Nebentischen nicht auffiel.

Nur Lilly sah es.

Schon über drei Wochen lang teilte Inge jetzt mit Marlene ihr Kajütenbett. Marlene kletterte gerne nach oben, Inge bevorzugte das untere Lager. »Da fühle ich mich nah bei der Erde«, sagte sie. »Wenn ich traurig bin, so gebe ich den

Baumwurzeln mit meinen Tränen ein bisschen Regen ... Im Süden ist die Erde trocken!«

Marlene verstand das, Marlene verstand alles.

Sie hatte auch den beiden Scherzkeksen beigebracht, Inge brauche Schlaf, sie dürften also nach dem Lichterlöschen nicht mehr so laut reden und lachen. Auch die anderen Mädchen hielten sich an diese Regel, Marlene war schließlich die Älteste, Lilly hatte ihr die Verantwortung übertragen.

Inge war nun schon zwei Jahre bei Lilly Volkart. Diese Zeit, inmitten von vielen Kindern und ausgefüllt mit vielfältigem Unterricht, war wie im Flug vergangen. Wieder wurde es Frühling, die Waldwege, schon von einer kräftigen Sonne bestrahlt, waren bereits schneefrei, die Bäume bekamen grüne Triebe. Das Thema Carneval beherrschte das Heim.

Lilly hatte zwölf Kinder ausgewählt, die Freude hatten an Volkstänzen, auch Inge gehörte dazu. Die Tänzerinnen und Tänzer probten an schönen Tagen im Freien, zwei achtzehnjährige Burschen aus dem Verzascatal, Schüler im Gymnasium von Ascona, spielten dazu auf ländlichen Instrumenten.

Es klappt ja, sagte Lilly erfreut. Nun fehlen uns nur noch Kostüme! Ihr dürft wählen: Seid ihr gerne Bauern aus dem Onsernonetal mit selbstgemachten Strohhüten? Oder lieber Blumenfrauen und Blumenverkäufer vom Wochenmarkt in Ascona?

Es wurde demokratisch abgestimmt, die Blumenleute bekamen mehr Stimmen. Ja, Blumen sollten sie bei sich haben und Kleider tragen, in den Tessinerfarben rot und blau!

Marlene und Inge durften Lilly zum Stoffladen der Signora Maria begleiten. Die Signora gab Lilly den Rat, keine billige Carnevalsware, sondern guten, modischen Stoff zu wählen, dann könnten die Röcke und Jungenhosen das ganze Jahr über getragen werden! »Wählen Sie auch das neue verwaschene Hellblau: Jeans werden auch bei uns bald große Mode! Sie werden sehen, dieser Stoff wird auch für Frauenkleider bei uns Furore machen! Seit die Amerikaner den anderen Ländern helfen, die Eroberungszüge der Nazis zu stoppen, schaut ja alles nach Übersee. Man darf auf ein baldiges Ende des schrecklichen Zweiten Weltkriegs hoffen!«

Die beiden Mädchen Marlene und Inge interessierten sich weniger für Marias Politik als für die neuen Stoffe in ihrem Laden. Kleider waren während des Kriegs rationiert und teuer gewesen, man konnte sie auch nur mit Textilmarken kaufen. Im Borgo von Ascona erkannte man Lillys Heimkinder an der geflickten, meist schon in zweiter Generation getragenen Kleidung, und die Jugendlichen, die so schnell gewachsen waren, hatten nichts Neues anzuziehen.

Inges Ausruf: »Oh, Lilly! Schau dir diesen frühlingsgrünen Stoff an mit dem Maiglöckchenmuster!«, erfreute die Geschäftsfrau und sie ergänzte: »Da sind auch Schnittmuster für Blusen mit reizenden kleinen Ärmeln! Ein Modell, das Ihren jungen Mädchen wunderbar stehen wird!«

»Oh, sie hat Schnittmuster«, rief Inge begeistert. »Dürfen wir mit dir zusammen schneidern, Lilly? Schau, alles wird mir zu eng und zu klein, Marlene und ich sind jetzt gleich groß!«

»Stell dir vor, wir zwei mit tupfgleichen Blusen!«, lachte Marlene. »Unsere Scherzkekse werden Witze machen: Das sind ja nicht nur dicke Freundinnen, das sind ja Zwillinge!«

»Ja, die Stoffe gefallen auch mir«, gestand Lilly. »Doch mamma mia, wie sind sie teuer!«

Lilly hatte die Gewohnheit, in den Läden ein bisschen zu jammern, immer ein Zeichen, dass ihr die Ware gefiel. Sie wusste, die Geschäftsleute von Ascona hatten ein gutes Herz, senkten für Lilly und ihre Heimkinder die Preise, obwohl sie in dieser schwierigen Zeit auch keine fetten Gewinne machten.

Wie mit den Stoffen, so hatten Lillys Tänzerinnen und Tänzer auch Glück mit den Blumen. »Blumen Ende Februar? Zu teuer?«

Doch die junge Frau, die einen Blumenladen führte, schenkte Lilly für Carneval Narzissen, Mimosen und erste Kamelien! Die Kinder steckten die Blumen, um die Hände beim Tanzen frei zu haben, in die Gerlas, die tessinerischen Weidenkörbe, so trugen die Bäuerinnen in den Tessin-Tälern alle Last auf dem Rücken.

Der Sonntag des Carnevale war wunderbar sonnig.

Viel Volk versammelte sich auf der Piazza, der See mit den kleinen Inseln von Brissago war von ruhigem, tiefem Blau. Die Heimkinder, die nicht mittanzten, hatten sich unter die vielen Zuschauer gemengt, unter Einheimische und erste Touristen. Aufmerksam wurden die verschiedensten Darbietungen verfolgt: Ein Trio ließ Tessiner Lieder hören, die das Publikum sofort mitsang, man lachte über einen begabten, gerade mal zehn Jahre alten Clown, der sich später Dimitri nannte und berühmt wurde, man vertiefte sich in ein chinesisches Märchen von einem Liebespaar, das der bekannte Puppenspieler Jakob Flach in Szene gesetzt hatte. Ja, unter den noch kahlen Ästen der Platanen roch es schon nach dem traditionellen Risotto, da endlich erschien auf der Piazza Lillys Tanzgruppe.

Die jungen Blumenfrauen und Blumenverkäufer bewegten sich anmutig, tanzend formten sie das Wort *Primavera*, warfen dem Publikum Kusshände zu, verschenkten Mimosen. Lillys Gruppe erntete großen Beifall. Beachtung bekamen auch die beiden Musikanten aus dem Verzascatal, Tonio und Adriano. Da sie in Ascona ins Gymnasium gingen, hatten sie viele Mitschüler und Freunde unter den Zuschauern.

Neben ihren fahrbaren Küchen lüfteten jetzt die Köche ihre hohen weißen Mützen. Unter Applaus begannen sie Risotto und Getränke auszuteilen, man setzte sich zum Essen auf die Bänke am See und ließ es sich bei Klängen einer Blasmusik schmecken.

Ein glücklicher Tag!

Nicht nur der Frühling lag wie eine heitere Wolke in der Luft, auch das Ende des Kriegs schien sich langsam anzumelden: Mussolinis faschistischer Staat befand sich in Auflösung, manche Lager öffneten sich, und wieder wartete Lilly auf noch mehr Flüchtlingskinder.

Doch es gab sie leider immer noch in Ascona, die Nazis von drüben aus dem Reich, die im Asconeser Paradies schön ruhig den Krieg überdauerten und dabei hartnäckig an den Endsieg von Hitler glaubten. Unter einem Baum stand

Julius Ammer, Gauleiter und Oberhaupt aller politisch-deutschen Vereine im Tessin. In Begleitung von Frau Fischer, Gattin des Kunstsammlers Otto Fischer und Freundin der nationalsozialistischen Bewegung, hatte Ammer mit finsterem Gesicht dem Tanz der hübschen, jüdischen Kinder zugeschaut.

»Die Volkart, diese Judenschlampe«, murmelte er.

Und Frau Fischer bemerkte: »Dabei ist sie ist eine Zürcher Protestantin und soll aus dem christlichen Glauben ihre Energie schöpfen!«

»Umso schlimmer«, knurrte er, »dass sie diese Judengören aufpäppelt...«

Nun schlenderte Lilly Volkart mit ihren beiden Musikern über den Platz. Als der Gauleiter sie sah, stand er auf und spuckte vor ihr auf das Pflaster. Ihre beiden Begleiter aus dem Verzascatal hatten es beobachtet und gingen wütend auf den Mann los, packten seinen Stock, drohten ihm. Da eilte ein Ordnungswächter herbei: Lasst ihn los, er steht unter dem Schutz der Diplomatie. Und flüsterte dann auf italienisch: »Der Tag wird noch kommen, an dem wir Tessiner dieses Pack aus unserem Land jagen!«

Lilly hörte davon und bat die beiden Musiker und Gymnasiasten, keine Gewalt auszuüben: »Ihr seid jung, nach dem Krieg muss eine neue Zeit des Friedens und der Versöhnung kommen.«

Am 8. Mai 1945 feierte man endlich Kriegsende!
Es herrschte aber nicht nur friedliche Stimmung, in Ascona entlud sich noch der lang aufgestaute Groll gegen die deut-

schen Hitler-Herrschaften. Unter dem Schlagwort *Epurazione* wurde im Haus Roccolo bei Otto Fischer ein Fenster eingeschlagen, eine tönerne Buddha-Statue fiel auf den Küchenboden seiner nazifreundlichen Frau. Daneben, beim Gauleiter Julius Ammer, wurde eine Türe eingedrückt und im Flur das großformatige Bild des Führers von ein paar Burschen lustvoll zertrampelt.

Ammer, der so fest an Hitlers Endsieg geglaubt hatte, wurde krank vor Enttäuschung und starb wenige Monate später.

Heimkinder beobachteten von der Casa Bianca aus, wie sein Sarg mit dem Fuhrwerk der Gemeinde abgeholt wurde. Sie riefen nach Lilly: »Schau, sie fahren ihn zum Friedhof ohne ein einziges Blümchen! Und kein Mensch begleitet seine Leiche! Ja, der alte Herr Ammer war kein netter Mann, aber er tut uns trotzdem leid! Dürfen wir vielleicht den Sarg begleiten?«

Lilly, die immer auf Versöhnung bedacht war, erlaubte es.

So fuhr der Judenhasser Julius Ammer zu Grabe in Begleitung nachbarlicher Judenkinder, die auf dem Weg zum Asconeser Friedhof kleine jüdische Gebete sprachen.

Am 8. Mai 1945, zur Feier des Friedens, durften Lillys ältere Schülerinnen und Schüler auf der Piazza tanzen.

Die beiden Freundinnen Inge und Marlene wollten sich schön machen und trugen zu ihren blauen Röcken aus Denim in der neuen Midilänge zum ersten Mal ihre neuen, selbstgeschneiderten Blusen mit dem Maiglöckchenmuster! Die beiden Musiker aus dem Verzascatal, Tonio und Adriano, hatten gerade ihre Matura gemacht und waren in

Festlaune, da entdeckten sie die beiden Hübschen auf einer Bank am See beim Schwäne Füttern. »Ach, lasst die Schwäne, kommt lieber mit uns tanzen!«, riefen sie. »Die Musik spielt gleich einen Slow-Fox!«

Das war ein langsamer Walzer, eben im Tessin in Mode gekommen, der Zeit ließ, sein Gegenüber zu betrachten.

»Wie schön du aussiehst mit deinem dunklen Haar«, sagte Adriano zu seiner Tanz-Partnerin Inge. »Sag mal, Inge, wie alt bist du eigentlich «

»Ich bin im März dreizehn geworden«, sagte sie.

»O weh, erst dreizehn!« Er schaute in ihre glänzenden dunklen Augen und auf ihren hübschen Mund. »Dreizehn … Dann muss man ja noch sieben Jahre warten, bis …«

»Bis …?«

»Man dich heiraten kann!«

Sie lachte. »Adriano, auch wenn du mir gefällst, ich möchte zuerst etwas lernen.«

»Was denn so?«

»Nun, wenn ich noch ein paar Jahre fleißig zur Schule gehe, dann werde ich vielleicht Tierärztin.«

»Oh, trifft sich gut, ich möchte Arzt werden. Dann wohnen wir zusammen in Ascona, in einem Haus nahe am See, bei meiner Tür gehen die kranken Menschen hinein, bei deiner Tür die Hunde, Katzen und Schildkröten!

Sie blickte ihn nur lächelnd an, und er wagte mit ihr einen eleganten Slow-Fox-Bogen.

»Inge, sag, wie fändest du das?«

»Erzähl mir das mal in sieben Jahren«, lachte sie.

Der Abend war warm und voller zwinkernder Sterne, der Krieg war vorbei.

Die Liebesfalle
Regina Ullmann und Otto Gross

Sie hatten sich in München im Café Stefanie kennengelernt: die scheue, in St. Gallen aufgewachsene Dichterin Regina Ullmann – auch Rega genannt – und der Psychiater Otto Gross. Regas Vater, ein österreichischer Textilkaufmann, war früh gestorben, und fortan war die Mutter allein verantwortlich für die hochsensible Tochter. Rega, die eine leichte Behinderung hatte, war in ihren Gedanken und Bewegungen langsam, sie mied Kontakte mit Menschen, beobachtete lieber Tiere, doch ihre Geschichten, die sie schon als junges Mädchen abends schrieb, fanden bereits da und dort Anklang.

Ein Umzug von St. Gallen nach Schwabing, dem Künstlerviertel von München, so hoffte Frau Ullmann, werde ihre Tochter, die angehende Schriftstellerin, inspirieren und ihr vielleicht weitere Beachtung eintragen.

An Samstagen füllte sich das berühmte Café Stefanie mit Gästen, Unruhe herrschte an den Tischen wie auf einem Schiff bei hohem Seegang. Regina saß neben ihrer Mutter mit gesenkten Lidern, doch sie war keineswegs schläfrig, sondern höchst aufmerksam: Dort Erich Mühsam am Schachtisch, neben ihm der Verleger Wolfskehl.

Frauen, insbesondere die beiden Richthofen-Töchter erregten Aufmerksamkeit: Die ältere, Else Jaffé, eine klassische dunkle Schönheit, strahlt Ruhe und Intelligenz aus, die jüngere Frieda Weekley, mit hellem, nach der Mode kurz geschnittenem Haar und dem herzförmigen Gesicht gefällt mit ihrer heiteren, spontanen Art. Frieda war bei ihrer Schwester Else auf Besuch, das Jahr über wohnte sie mit ihrem Mann, einem Hochschullehrer, im englischen Nottingham.

Welche der Richthofen-Schwestern gefällt mir besser, überlegte Regina, denn sie entwickelte zu den Personen, die sie beobachtete, immer gleich eine geheime Beziehung. Meine Lebenskraft geht ein in andere, dachte sie, nur schreibend bin ich ich selbst.

Regina merkte nicht, dass auch sie an diesem Abend beobachtet wurde: Hinten, am Billardtisch, neben Else Jaffé, der Gattin des Finanzministers, stand der vielbewunderte Psychiater Dr. Gross und betrachtete die junge, im Schatten des Muttergebirges sitzende Ullmann im vorderen Teil des Cafés. Die Mutter mit ihren dunklen weiten Witwenröcken beanspruchte viel Platz, zu ihrer Überhöhung trug sie einen prominenten Hut, neben ihr saß die Tochter fast bewegungslos, mit einem eingefrorenen Lächeln.

Gross interessierte sich für diese junge Person, mehr als für andere, die ihm im Café Stefanie nachliefen, um von ihm analysiert zu werden.

Else Jaffé, den Blick des Freundes bemerkend, sagte: »Die Ullmann schreibt bemerkenswerte Prosastücke. Doch ihre Mutter lässt sie kaum zwei Schritte allein tun.«

»Bitte Else«, sagte Gross, »stell' mich Mutter und Tochter vor!«

Er war jetzt unruhig, griff nach einem Briefchen Kokain und schnupfte.

»Schnupfe nicht so viel, es schadet dir«, so Else.

Und Gross: »Du weißt doch, mein Lehrer Sigmund Freud hat sich begeistert über Kokain geäußert, er hat sogar seiner Braut Proben geschickt, um sie zu stärken!«

»Nun«, widersprach Else lachend, »seither sind Jahre vergangen! Freud hat seinen Enthusiasmus für Kokain später, schlechter Erfahrungen wegen, bereut!«

Mutter und Tochter Ullmann wollten eben das Lokal verlassen, da sahen sie Else Jaffé in Begleitung eines sportlichen, sonnengebräunten jungen Mannes auf ihren Tisch zukommen.

»Darf ich vorstellen«, sagt die Jaffé: »Das ist Dr. Gross.«

»Rega, Sie haben mir neulich von Ihrem Herzstechen erzählt. Konsultieren Sie einen Arzt! Hier«, Else wies auf ihren Begleiter, »ich kann Dr. Gross wärmstens empfehlen!»

Der Arzt verbeugte sich leicht: »Mein Fräulein, hier ist meine Adresse.«

Rega nahm die Visitenkarte entgegen, blieb verschüchtert, stumm.

Um die Verlegenheit zu überbrücken, fragte Frau Ullmann: »Wie braungebrannt Sie sind, Doktor. Waren Sie Skifahren? Wo liegt denn schon Schnee?«

Der Psychiater lachte herzlich. Er habe im Spätherbst noch eine Badekur in Dalmatien gemacht.

Die Mutter fühlte sich durch die Aufmerksamkeit des Doktors geehrt, der Kokain schnupfende Psychiater galt vielen als der interessanteste Gast des Cafés. Seine Ideen von der erotischen Befreiung und der Rückkehr zum Mutterrecht im Sinne des Schweizers Bachofen fanden Zustimmung, sogar bei Elses Ehemann, dem Finanzminister Edgar Jaffé.

Regina suchte anderntags die Arztpraxis an der Türkenstraße auf. Ein großer, unübersichtlicher Raum unter dem Dach.

»Niemand da?«

Der Arzt im spinnwebgrauen Hintergrund sah die junge Frau am Fenster stehen.

Nun kam er auf sie zu: »Bitte kommen Sie, Fräulein.«

Er führte sie zu seinem Schreibtisch, sprach mit ihr, bat sie schließlich, den Oberkörper freizumachen und begann dann ihren leicht vorgebeugten Rücken abzuklopfen.

Dann hieß er sie, sich wieder anzukleiden.

»Fräulein Ullmann, ich darf Ihnen sagen, Ihrem Körper fehlt nichts.«

»Aber ... das Herzstechen«, sagte sie beklommen. »Es lässt mich nachts nur sitzend schlafen.«

Dr. Gross nickte. »Ihr Körper spricht von einer seelischen Verletzung.«

Ihre Augen füllten sich mit Tränen, sie suchte nach Worten.

»Sie sollen jetzt nicht reden, Fräulein Ullmann. Tiefsitzende Verwundungen brauchen Zeit, um zu heilen. Kommen Sie zu einer Therapie. Ich bin Schüler von Sigmund Freud, gehe aber meine eigenen Wege.«

Sie schaute ihn stumm an.

»Rega, es heißt, Sie sind Schriftstellerin. Wenn Sie gesund sind, werden Sie mit noch größerer Kraft schreiben können.«

Als habe das Gespräch auch ihn Kraft gekostet, entnahm er seiner abgeschabten Ledertasche ein Briefchen und schnupfte. Es war damals in München in Mode gekommen, Koks zu schnupfen, das Pulver wurde auf der Straße angeboten. Rega blickte von der Seite in das schmale, fast noch jungenhafte Gesicht des Doktors, doch aus der Nähe erschien das Jungengesicht mit dem blonden Haar eigenartig verwittert.

Ein Unglücklicher, der einer Unglücklichen hilft, dachte sie.

Mutter Ullmann war mit einer Therapie einverstanden.

Rega leidet, weil sie unglücklicherweise vor einem Jahr Mutter geworden ist, dachte Frau Ullmann und gab sich an diesem betrüblichen Umstand selbst einige Schuld.

Sie hatte Regina in Wien der Gesellschaft von Erika Rheinisch, einer Altphilologin und Dichterin überlassen, die Ältere hatte die poetischen Versuche der Jüngeren gefördert. Erikas Ehe mit Dr. oec. publ. Hanns Dorn hatte sich gerade aufgelöst, weil sie sich einem anderen Mann zugewandt hatte. Wollte sie den Verlassenen trösten, als sie ihn in Wien mit der jungen Freundin Regina Ullmann bekannt machte? Jedenfalls ging man zu viert abends aus.

Die Mutter hörte von der Freundschaft und träumte von Regas Heirat mit dem zukünftigen Hochschulprofessor. Dorn und Rega tauschten ihre Gedanken aus und entdecken Ähnlichkeiten, er nannte sie »sein Schwesterchen«.

Als die Mutter zwei Tage verreisen muss, wollte Dorn sie nachts beschützen.

Schwesterchen und Brüderchen, eine inzestuöse Liebe?

Jedenfalls entdeckte Rega ein paar Wochen später, dass sie schwanger war.

Dorn ist ein anständiger Mann, er wird dich heiraten, meinte die Mutter. Doch ein Brief von Dorn brachte diesbezüglich große Ernüchterung.

Bis in jede Einzelheit arbeitete die Mutter nun einen Plan aus, um das Unglück zu vertuschen, denn mit einem unehelichen Kind würde Rega keinen Mann mehr finden.

Das Mädchen mit Namen Gerda wurde in Wien 1906 unehelich zur Welt gebracht, dann in der Steiermark einfachen Leuten zur Betreuung übergeben.

Rega und die Mutter nahmen danach in München ihr normales Leben wieder auf. Doch Regina hatte ein Kind geboren, das ihrem Leben gleich wieder entrissen wurde.

Sie würde sich nie mehr ganz fühlen.

Frau Ullmann, die den Doktor in ihrer Wohnung in der Fendstraße begrüßte, wurde gebeten, das Zimmer der Tochter während der Therapie nie zu betreten. Er hoffe, dass seine Therapie es schaffe, ihren Genius zu befreien.

Die Mutter schien zu verstehen. Vor allem das Wort Genius machte ihr Eindruck.

Gross kam nun jeden Abend. Er saß auf einem Stuhl neben dem Bett, auf dem Rega auf seine Bitte hin ausgestreckt lag.

»Die beste Position, sich den Dämonen auszuliefern«, sagte er.

»Welchen Dämonen?«, fragte sie.

»Hilfreiche Tempelgötter, sie bewachen den Eingang zu deinem Selbst.« Er bat sie, klar auf Fragen zu antworten: »Rega, du musst zu deinem Eigenen finden.«

Sie erkennt seine Hingabe, den Glauben an ihre Heilung.

Er erklärt ihr, dass er sie zu ihrer inneren Essenz führen wolle, sie sei zu abhängig von ihrer Mutter.

»Schau, ich habe Ähnliches erlebt und erlebe es immer noch mit meinem Vater, dessen einziges Kind ich bin. Er hat alle seine hervorragenden Fähigkeiten in mir gesucht, seinem Mini-Ich. Das hat am Anfang geklappt, ich machte mit sechzehn Abitur, mit zwanzig war ich Arzt. Weil mein Vater fand, ich sei verkrampft, ganz eingesponnen in seine Ansprüche, schenkte er mir zur Erholung eine Ozeanreise. Auf dem Schiff lernte ich eine junge Ärztin kennen, die sich meines mentalen Zustandes annehmen wollte, durch sie begann ich Drogen zu nehmen. Sie stärkten mein Selbstbewusstsein, doch Rega, ich schaffe es nicht, davon loszukommen.«

Eines Nachts, es ist spät, klopft die Mutter ungehalten an die Zimmertür.

»Es ist Mitternacht. Eine solche Therapiezeit ist höchst unpassend!«

Gross erinnert sie höflich an ihre Abmachung, die Schritte der Mutter entfernen sich.

Rega wischt sich Tränen aus den Augen.

Gross sagt ihr, wie auch er Mühe habe, seinen Vater aus seinem Leben auszusperren. Alles was er unternehme, sei Rebellion gegen dieses patriarchalische Prinzip, das er mehr und mehr überall erkenne und für den Missstand auf dieser Welt verantwortlich mache. Aber gerade durch diesen Kampf bleibe der Vater für ihn immer gegenwärtig. Er müsse es anders machen, den Vater ignorieren, ja vergessen.

Rega hat, während er spricht, weit aufgesperrte Augen, als höre sie mit jeder Faser zu.

»Eine Vatervergiftung, Rega. Mein Vater ist eine Berühmtheit im Dienst der Kriminalistik, ein Ratgeber, der stets weiß, was richtig und falsch ist. Auf jeder Polizeistation liest man seine Bücher.

Er will Kriminelle und Homosexuelle auf eine Insel in der Adria exportieren! Doch ausgerechnet ich, sein Sohn, besuche auf dieser Gefängnisinsel den Nudistenstrand!«

Gross, erschöpft, nimmt eine Prise von seinem Kokain in jedes Nasenloch. Fährt fort: »Ich fürchte, die Hassliebe formt aus mir den ewigen Sohn ...«

Rega nimmt diesen Otto Gross in ihr Universum auf, sie erkennt ihn auf ihre eigene Art, weiß um seine inneren Verletzungen.

»Was hast du denn mit der«, sagten Otto Gross' Freunde, die vergeblich im Café auf ihn warteten. »Die Ullmann ist unbedeutend, du verschwendest deine Zeit!«

Gross weiß es besser. Rega ist der Typ des genialen Menschen, der an der eigenen Art festhält. In seinen *Drei Aufsätze über den inneren Konflikt* steht, dass diese Kreativen ihr Wesenseigenes nie ganz verlieren können. Der Konflikt ist der zwischen dem »Eigenen« und dem »Fremden«.

»Deine schwerfällige Eigenart kommt aus der Suche deines Unbewussten, Rega. Wenn du dazu stehst, wirst du wunderbare Geschichten schreiben.«

Er saß auf seinem Stuhl, sie blickte in seine vom Schnupfen entzündeten Nasenlöcher.

»Otto, hast du schon ernsthaft versucht, von den Drogen loszukommen?«

»Mehrmals, ja. 1902 in Zürich im Burghölzli, dann vor vier Jahren mit meiner Frau Frieda im Tessin.«

Otto hat Rega schon einmal vom Tessin erzählt, der Monte Verità beeindruckt ihn, wenn er davon erzählt, entspannt er sich, seine Stimme wird heller.

»Oh, erzähl wieder vom Monte Verità«, bat Rega.

Otto begann zu lachen: »Meine Frau hat sich dort am Abend in ihre hölzerne Lufthütte zurückgezogen. Ich ging mit meinem Freund Mühsam zur Parzifalwiese, auf diesem vom Wald eingerahmten magischen Dreieck begann man zu tanzen. Die Männer waren nur mit einem Lendentuch bekleidet, die Frauen unter durchsichtigen Schleiern nackt.

Ich war hingerissen. Das also war mein vom Moralkodex befreites Arkadien!

Mich gelüstete es mitzutanzen und ich forderte eine der jungen Frauen auf, die vom Waldrand aus zuschauten. Sie war ein hübsches dunkelhaariges Mädchen, ich wollte sie tanzend nur ein bisschen näher an mich ziehen, hielt sie fest um die Taille.

Das Mädchen stand plötzlich bockstill, beschimpfte mich laut.

Da hörte die Musikkapelle mit einem Schlag auf zu spielen, der Musikmeister Rudolf von Laban erschien, neben ihm die Gründerin des Monte Verità, Ida Hofmann. Sie rügte mich wie ein strafender Engel: ›Sie Ignorant, die Nacktheit bedeutet keine Provokation, im Tanz folgt man einer inneren Ordnung und Notwendigkeit!‹

Beschämt ließ ich mich auf einer Bank nieder, Freund Mühsam, ein Kenner des Monte, setzte sich neben mich und wollte nicht aufhören zu lachen.

Er zitierte ein selbstgedichtetes alkoholfreies Trinklied:

Wir hassen das Fleisch, ja wir hassen das Fleisch
Und die Milch und die Eier und lieben keusch …

Ich ging dann in Friedas Holzhütte, denn ich wollte dem Rat meines Vaters folgen und in der reinen Luft des Monte und nach Enthaltsamkeit von Drogen ein gesundes Kind zeugen!

Als Frieda schwanger war, brachte ich wieder mehr Zeit mit meinen interessanten Freunden zu. Auch der schwäbische Schriftsteller Hermann Hesse war unter ihnen. Er machte mich mit Lotte Hattemer bekannt, einer Bürgermeisterstochter aus Berlin, die man ihrer asketischen Übungen wegen nur die Sankt Lotte nannte. Ja, das ergab eine eher böse Geschichte …

Doch genug, Rega. Lass uns, ehe es dunkel wird, noch im Englischen Garten ein paar Schritte machen …«

Rega hätte gerne gewusst, was es mit Sankt Lotte und der bösen Geschichte auf sich hatte, doch Otto traute diese Geschichte der feinfühligen Rega nicht zu.

Eines Tages war der Vater in Graz von der Polizei in Locarno davon in Kenntnis gesetzt worden, sein Sohn Otto habe vor einiger Zeit eine junge Frau auf dem Monte Verità mit einer großen Dosis Kokain umgebracht und versuche, den Vorgang als Hilfeleistung zu rechtfertigen. Ein paar Bekannte der Hattemer hätten ihn, den Psychiater und Therapeuten um Hilfe gerufen, behaupte er. Die junge Frau höre Stimmen, habe man ihm gesagt, die ihr befehlen, sich von einem nahen Fels in die Tiefe zu stürzen! Er habe der Hattemer angeboten, sie zu einer Therapie nach Graz mitzunehmen. Nein, sie müsse sich umbringen! Er habe sie gewarnt, sie werde mit gebrochenen Knochen und schrecklichen Schmerzen unter dem Fels tagelang auf den erlösenden Tod warten müssen! Als er sie von ihrem Vorhaben nicht abbringen konnte, habe er ihr wenigstens ein Mittel beschaffen wollen, damit sie nach dem Sturz sofort tot sei.

In Locarno, in der Apotheke Maggiorini, hatte er eine hohe Dosis Kokain verlangt. »Wozu«, fragte der Apotheker misstrauisch. »Meine Freundin hat unerträgliche Zahnschmerzen. Hier ist mein Ausweis, ich bin Arzt!«

Kokain und was immer sie sonst noch eingenommen haben mag, hat in diesem Fall schlecht funktioniert. Hattemer vergiftete sich, aber ihre Pflegerin musste mit ihr noch zwei schreckliche Tage auf den Tod warten.

Gross und Rega spazierten also miteinander. Otto brauchte Bewegung und frische Luft, um sich zu beruhigen, sonst schnupfte er zu viel Kokain.

Es war November und schon kalt, und während sie gingen, begann es zu schneien. Gross legte seinen Arm um Regas Schultern, als könnte sie ihm in dem taumeligen Weiß verloren gehen. Dann trieb die Kälte sie zurück in die Wärme des Zimmers. Sie lagen nebeneinander auf dem Bett, er immer in Kleidern. Er weigerte sich auch, die Schuhe auszuziehen, als halte er sich für eine Flucht bereit. Es musste auch immer Licht brennen.

»Es kommen sonst Bilder, die nach mir greifen«, sagte er.

»Oh, das machen die Drogen«, erwiderte sie besorgt. »Ich würde dir so gern helfen.«

»Lass das, ich helfe ja dir.«

»Aber bin ich denn nicht schon heiler geworden?«, beharrte sie.

»Nein, Rega, du bist immer noch ein unbewohntes Haus. Man ruft hinein und niemand kommt.« – Sie erschrak.

»Ich will dir nun beiwohnen, wie das mit dem biblischen Ausdruck heißt.«

Beiwohnen? Das klang für Rega friedlich.

So begann Otto mit dem Beiwohnen. Er erforschte ihr Wesen, spürte in ihr das Gesammelte. Das Beiwohnen ging langsam vor sich, es war eine herzerwärmende Zeremonie voll geheimnisvoller Steigerungen.

Sie wünscht, diese Therapie höre niemals auf, denn ja, sie liebt ihn! (Sie liebt zum ersten Mal, denn, so denkt sie, mit Dorn ist es keine Liebe gewesen. Liebe erkennt man daran, dass man nicht mehr die ist, die man einmal war.)

Gross wohnte nun fast die ganze Zeit bei ihr, und ihre Mutter, die nur von einer Wand getrennt nebenan war, rückte für Rega immer weiter weg, endlich hat sie sich von diesem demütigen Tochterleben befreit.

Oft ging Otto erst im Morgengrauen weg. Dann brauchte auch Rega keinen Schlaf mehr, sie setzte sich an den Tisch und starrte auf einen Bogen leeres Papier. Die Mutter, die Gross hat gehen hören, klopfte, brachte der Tochter Kaffee:

»Ach Rega, du sitzt ja vor einem leeren Blatt.« Sie seufzte. »Diese Therapie hätte ich nicht zulassen dürfen! Gestern im Café Stefanie hat man über dich und Gross gesprochen. Man sagt: Er wird sie mit sich in die Tiefe reißen.«

Rega lächelte ihr Sphinxlächeln.

Als die Mutter ging, beugte sie sich über das Papier und schrieb in ihrer steilen Schrift:

Nachtigall ist Liebe.
Und Stein bedeutet Liebe.
Und zög sie dich auf ihres
Meeres Grund,
du liebtest dieses Meer
und suchtest in den Tiefen
die letzten Tiefen,
und blühtest auf in ihr …

Am nächsten Morgen läutete eine Frau an der Haustür, Frau Ullmann öffnete. Es war Ottos Frau Frieda, neben ihr in einem Kinderwagen schlief ein Säugling, der kleine Peter. Otto erkannte sofort die jammernde Stimme, er ging nach unten, wies seine Ehefrau zurecht: »Eine Therapie braucht Tage und Nächte, das solltest du wissen.«

»Wozu überhaupt eine Therapie?«, fragte Frieda.

»Ich will dieser jungen Schriftstellerin helfen. Therapieren ist meine Lebensaufgabe, und diese Therapie hier bedeutet mein Leben.«

»Diese Ullmann, die ein bisschen schriftstellert?«

»Ja, diese Ullmann. Sie ist eine außergewöhnliche Frau.«

Als Otto zu Rega zurückkam, sagt er: »Wir haben ein Abkommen, Frieda und ich. Keiner gehört dem anderen. Das hat sie bei unserer Geschichte mit Else Jaffé begriffen.

Else Jaffé, weißt du es? Sie erwartet ein Kind.«

Else Jaffé und Frieda Gross-Schloffer waren befreundet, sie hatten in ihrer Jugend zusammmen dasselbe Internat besucht. Als Frieda mit Otto nach München zog und ein Kind erwartete, bat Frieda die Freundin, ihr doch während der letzten Zeit der Schwangerschaft Gesellschaft zu leisten.

Otto war gerade zurück aus den Ferien, nahtlos gebräunt von seinem Nudistenstrand in Dalmatien. Die sonst so vernünftige Else fing Feuer… Sie diskutierten Abende lang über die neue Sexualität, und Else, bereits Mutter von zwei Kindern und Ehefrau eines Mannes, der mehr Neigung zu Finanzen als zu körperlichen Kontakten hatte, entdeckte ihre »wahre sinnliche Natur«.

Friedas eheliches Kind, auf dem Monte Verità gezeugt, war 1907 zur Welt gekommen. Und nun, einige Monate später, gestand Else der Freundin, sie sei schwanger – von Otto!

Frieda wusste, Eifersucht gehört zu einer alten Welt, sie wollte doch ihrer Freundin Ottos Kind gönnen!

»Darf ich, wenn es ein Bübchen ist, es vielleicht auch Peter nennen?«, fragte Else.

»Du darfst«, sagte Frieda.

Nach Neujahr 1908 scheint München im Schnee zu versinken. Es ist kalt, man hat jetzt Nahrung nötig, Frau Ullmann füllt in der Fensternische des Flurs um die Mittagszeit täglich zwei Teller. Sie ist ja nicht blind, hat schon eine Weile gemerkt, dass ihre Tochter den jungen attraktiven Arzt liebt. Dass er, der begehrteste Mann im Café Stefanie aus dem riesigen Frauenangebot ihre Rega ausgewählt hat, erfüllt sie mit Stolz.

Als Otto an diesem Vormittag zurückkehrt, zärtlich die Arme um Rega schlingt, sagt sie lächelnd zu ihm: »Otto, ich erwarte ein Kind!«

Augenblicklich lässt er seine Arme sinken. »Das kann nicht sein, bist du sicher?«

Sie nickt.

»Rega …«, die Worte bleiben ihm im Halse stecken.

Rega wird bange. Ist er denn nicht das Haupt der neuen erotischen Bewegung? Er sprach vom Urweib, von der Würde der Mutterschaft. Vom Vaterwerden allerdings sprach er nie. Dabei hat Otto kürzlich durch Else Jaffé den zweiten kleinen Peter bekommen. Und Else, die nüchterne, weltkluge, hat von Otto Alimente verlangt: »Ja, du hast recht, Otto, mein Mann ist reich. Doch er ist nicht gewillt, sich am Unterhalt eines Kindes zu beteiligen, das ein anderer gezeugt hat!«

Otto musste ihr gestehen, er verfüge quasi über kein eigenes Geld, die Assistenz bei Dr. Kraepelin bringe nichts ein.

»Aber dein Vater in Graz, der ist doch sehr begütert«, meinte Else. »Er ist doch stolz auf den neuen, gesunden Enkel? Bitte Otto, sprich mit ihm!«

Vor seinem inneren Auge sah Otto nochmals die Szene mit seinem Vater: »Bist du nicht bei Trost, Otto? Du hast die Kühnheit von mir zu verlangen, dass ich das Kind einer der reichsten Frauen Deutschlands unterstütze? Merke, ich finanziere nur die ehelichen, mit Frieda Schloffer gezeugten Kinder. Die andern gehen mich einen Dreck an!«

Und zu Rega gewandt, sagte Otto mit einem Seufzer: »Schau, du willst von deiner Mutter loskommen und ich von meinem Vater. Das Kind macht uns erneut abhängig… Weißt du, dass man es heute wegmachen lassen kann?«

Sie blickte ihn erschrocken an: »Dein Kind? Niemals!«

Die Mutter hatte das alles mitbekommen und riet Rega, Geduld zu haben. »Ein Mann fühlt sich überrumpelt, denn Vater werden ist leicht, doch Vater sein? Du musst in einem ruhigen Moment mit ihm sprechen.«

Doch dieser Moment ließ auf sich warten, Otto hatte, seit er von Regas Schwangerschaft gehört hatte, die Therapie abgebrochen, bis Anfang März blieb er verschwunden.

Als er endlich zurückkam, bat Rega ihn, mit ihr einen Spaziergang zu machen.

»Musst du mich allein lassen mit dem Kind?«, fragte sie und vermied es, ihn anzusehen.

»Rega, schau, ich hab' schon eine Familie, die mein Vater unterstützen muss. Du wirst es mit dem Kind alleine schaffen.«

Sie fühlt sich an Dorns schriftliche Absage erinnert. Über Dorns Originalton legt sie nun die Folie von Ottos Sätzen.

Noch deutet bloß eine zarte Wölbung Regas Schwangerschaft an. Doch Mutter Ullmann fiel aus der Wolke ihres
Wunschdenkens, ihr angeborener Realitätssinn holt sie ein.
Es galt, die Ehre der Familie erneut zu retten, und diesmal,
sie lebt ja von einer verschwindend kleinen Rente und zahlt
schon für das erste Kind, muss sie den Erzeuger ernsthaft
zur Kasse bitten!

So sucht Frau Ullmann an diesem Morgen Frieda Gross im
vornehmen Nymphenburg auf. Sie erschien ohne Voran-
meldung, Telefone waren ja noch eine Seltenheit, und es
traf sich, dass Frieda gerade Peterchen Nummer Eins mit
Gemüsebrei fütterte.

Jetzt erfuhr Frieda von Frau Ullmann, dass Regina von
ihrem Mann schwanger sei. »Aha, die Therapie hat angeschlagen!« In Friedas Stimme klang Schadenfreude.

Und Frau Ullmann, energisch: »Der Mutter steht von
Gesetzes wegen vom Kindsvater Geld zu!«

»Geld? Ach, keines da. Das Wenige, das ich bekomme,
kommt vom Schwiegervater in Graz.«

»Dann empfehlen Sie ein Bittgesuch an Hans Gross?«

»Er wird wie im Fall Else Jaffé nichts herausrücken. Und
das Gesetz?« Frieda lacht bitter. »In München gibt es täglich
hundert uneheliche Kinder! Die alte Moral hat abgedankt.«

»Da hat Ihr Gatte wohl einiges dazu beigetragen, Frau
Gross.«

»Nun, er ist ein Prophet, da gelten keine normalen Maß-
stäbe«, gab Frieda zurück. »Er wird nächstens auf dem Psy-
choanalytischen Kongress in Salzburg erwartet. Ich werde
ihn begleiten.«

Frau Ullmann erhebt sich, der kleine Peter beginnt zu schreien, mit einer zappeligen Bewegung seiner Faust schlägt er seiner Mutter den Breilöffel aus der Hand.

Frau Ullmann rückt ihren Hut zurecht. »Entschuldigen Sie bitte die Störung, Frau Gross. Das Gespräch bleibt bitte unter uns?«

»Nur Else Jaffé wird davon erfahren, sie gehört zur Familie.«

Else Jaffé hört schon anderntags von der Angelegenheit. Else, die ein intensives soziales Gespür hat, sie amtierte in Mannheim als Fürsprecherin der Arbeiterinnen, schrieb einen Brief an Otto Gross, prangert sein sinnloses Wüten gegen seine Gesundheit an.

»Deine Drogensucht, sie raubt dir deinen gesunden Sinn, Otto!«

Dann besucht sie Rega und sagt: Sie könne Regas Kind in ihrer jetzigen familiären Situation leider nicht adoptieren! »Doch Rega, ich werde dein und Ottos Kind nie aus den Augen lassen und mich so gut es geht, um es kümmern!«

Rega ist gerührt, die beiden Frauen küssen sich zum Abschied.

»Ach Otto, deine unseligen Weibergeschichten«, schimpfte der Vater in Graz. Er hatte gehofft, mit Ottos Heirat würde alles besser, doch Ottos Charakter war zu weich, und die Frauen lieben ihn und blieben an ihm hängen. Er hatte seinerzeit für Otto die kluge und liebenswerte Grazerin Frieda Schloffer als Partnerin vorgeschlagen, und Otto war einverstanden gewesen. Die Wohnung in Nymphenburg für das neue Paar war Teil eines Deals: Im Gegenzug musste Frieda dem Schwiegervater jeden Monat über Ottos Aktivitäten berichten.

1908 mehren sich die skandalösen Nachrichten: Er zeuge wahllos Kinder. Auch habe er eine seiner Patientinnen, eine Jüdin, geschwängert und sie darauf zum Suizid verleiten wollen. »Ja, Otto beginnt, unberechenbar und gefährlich zu werden«, hat Else Jaffé zu Frieda gesagt, und Frieda hat diesen Ausspruch wörtlich nach Graz weitergeleitet.

Hans Gross entschied, eine erneute Kur im Burghölzli in Zürich würde seinem Sohn helfen.

Er wandte sich persönlich an Eugen Bleuler, den Direktor der Anstalt, und an den Oberarzt Carl Gustav Jung, den Sigmund Freud in Wien empfohlen hatte. Freud schrieb an Jung, man werde sich ja nächstens in Salzburg sehen beim Treffen der Psychoanalytiker und fügte bei: »Otto Gross bedarf dringend Ihrer ärztlichen Hilfe, es ist schade um den hochbegabten Mann. Er steckt im Kokain und dürfte am Beginn einer toxischen Kokainparanoia stehen.«

C. G. Jung, nun mit dem Fall Otto Gross betraut, kam mit dem physischen Entzug der Drogen schnell voran. Doch die Therapiegespräche waren aufwändig, die Gemütslage des Patienten labil, immer wieder wollte Otto Gross auch selbst den Therapeuten spielen.

Dann, am 17. Juni 1908, ein neuerlicher Skandal: Der Patient entwich über die sehr hohe Mauer der Anstalt. Er hatte kein Geld bei sich. Jungs Hoffnung, mit dieser Therapie Karriere machen zu können, war nun zerstört, er musste zudem Sigmund Freud Rechenschaft ablegen. »Die Diagnose ist Dementia praecox«, berichtete er nach Wien.

Und Freud: Er könne sich darunter »nichts Präzises vorstellen«. Zum wiederholten Mal kam es zu Misshelligkeiten zwischen den beiden Größen der Psychoanalyse.

Während Rega ihren Geliebten im Burghölzli wusste, verbannte die Mutter die schwangere Tochter nach Wien. In dem engen Zimmerchen einer schäbigen Pension litt sie Not, die Mutter hatte ihr für diese Zeit und die anschließende Geburt nur wenig Geld gegeben. Rega musste Gross um Geld anschreiben, am Schluss des durch die Mutter erzwungenen und kontrollierten Briefes setzte sie hinzu: »Behalte lieb deine Rega«.

Die Mutter schrieb zurück: »›Behalte lieb deine Rega‹ habe ich ausradiert.«

Regas zweite Tochter kam am 18. Juli 1908 zur Welt, und wieder übergab sie es der Bauernfamilie in Admont in der Steiermark, wo schon die kleine Gerda in Obhut war. Sie nannte das Mädchen Camilla. Dachte sie an die Pflanze, die Wunden heilt?

Rega, die nach der Geburt wieder bei der Mutter in München lebte, versank oft in schwermütige Lethargie. Nur am Schreibtisch lebte sie auf. Ihr erstes Buch *Feldpredigt* wurde von Rainer Maria Rilke gelobt, von nun an wird er eine schützende Hand über die junge Dichterin halten, er schreibt ein viel beachtetes Vorwort für ihre neue Sammlung von Prosastücken *Von der Erde des Lebens*. Man traf

Regina Ullmann nun bei den Zusammenkünften der Münchener Bohème, bei Wolfskehl saß sie neben Thomas Mann und Ludwig Derleth. Das dunkle Haar schlicht gescheitelt, die Rehaugen oft wie blicklos, verfolgte jedes Auge eine eigene Partitur.

Von Else Jaffé hörte Rega, dass Otto weiterhin Menschen, meist jungen Frauen helfe, die wohl seine eigenen Leiden spiegeln.

Nach einer Elisabeth Lang war es jetzt Sophie Benz, die junge Frau litt unter Depressionen und Ängsten, Otto beharrte, sie müsse sich von ihrem Freund, dem Dichter Frank, trennen. Als Otto Gross und seine Frau Frieda beschlossen, mit dem Söhnchen Peter längere Zeit ins Tessin zu ziehen, ermunterte er seine Patientin Sophie: »Komm mit! Unser Freund Frick, der in Ascona wohnt, wird für uns Steinhäuser am Rand des Ortes mieten. Das südliche Klima wird dir guttun!«

Mit Frick, dem Schweizer Anarchisten, der mit seinem vielseitigen Wissen und seiner unaufdringlichen Art sogar Ottos Vater in Graz Eindruck machte, hat die Kleinfamilie Gross einmal in Ragusa Ferien gemacht, Frieda und Frick hatten sich gut verstanden.

Frick hat für Gross die obere Waldmühle »Brüm« mit dem Walmdach gemietet. Doch Sophie und Frieda wollten die Enge der Mühle nicht miteinander teilen. So schlug Otto vor, Frieda möchte mit dem kleinen Peter bei Ernst Frick bleiben. »Ist er nicht auch der bessere erotische Partner für Dich, Frieda?«

Frieda und Frick blicken einander an, sie waren beide einverstanden.

Nun blieb die Mühle allein für Gross und Sophie, doch Sophie hasste die Enge der Mühle nach wie vor, und wie Otto schnupfte auch sie jetzt täglich ihre Ration Kokain. Die Droge macht reizbar, sie stritten sich viel, Sophie drohte dann mit sofortiger Abreise. Doch sie war geschwächt, unfähig, eine solche Entscheidung zu treffen. Im Dezember, als Nebel um die Mühle strichen, wollte sie sich umbringen, Otto litt. Sie war ihm wertvoller geworden als sein eigenes Leben.

Draußen hatten die Bäume ihre Blätter verloren, Sophie stand am Fenster und sah in der Dämmerung Gestalten. Auch Otto schien es, als sähe er beobachtende Augen, einmal meinte er, einen Gewehrlauf zu erkennen.

Da klopfen eines Abends zwei Gendarmen ans Küchenfenster. Sie wollen wissen, wo Erich Mühsam, Johannes Nohl und Ernst Frick sich aufhalten. Sie nannten noch andere Anarchisten.

Anderntags stand in der Zeitung, dass der Portier des Monte Verità überfallen worden sei.

Die Beobachtungen der Mühlebewohner waren keine Halluzinationen, Vater Gross ließ sie überwachen. Otto bekam später das väterliche Testament zu sehen: »Es war nur deshalb möglich, meinen geisteskranken Sohn nicht unter Kuratel zu setzen, weil es mit höhergestellten Justiz-und Polizeibeamten gelang, meinen Sohn zu überwachen.«

Sophie, die nach einer Schwangerschaft wohl unter Schwermut litt, bat Otto inständig um den Tod. Otto hielt es für den äußersten Liebesdienst, den er der Kranken erweisen konnte. In der Hoffnung, der Fall Hattemer sei vergessen, machte er sich mit seinem Ärzteausweis abermals auf in die Farmacia Maggorini in Locarno.

Als das Gift zu wirken begann, geriet Otto in Panik, er ließ Sophie ins Spital bringen, doch sie starb.

In der Tessiner Zeitung vom 4. März 1911 war unter »Mysteriöser Selbstmord« zu lesen: Eine deutsche Dame starb unter den Anzeichen schwerster Kokainvergiftung. Die Verstorbene, Tochter eines angesehenen Professors in München, lebte hier in Begleitung eines mysteriösen Dr. Gross …«

Als der Vater in Graz hört, der Sohn habe sich nur wenige Tage später selbst in die psychiatrische Klinik in Mendrisio eingewiesen, ließ er ihn nach Wien in die Anstalt Steinhof für eine Entziehungskur verlegen. Später wurde Otto in der Privatanstalt Tulln interniert und auf Betreiben des Vaters entmündigt. Hans Gross erreicht es, als Vormund des Sohnes eingesetzt zu werden. Und so geriet Otto wie ein Siebenjähriger abermals unter die Fuchtel des Vaters.

Otto Gross erfuhr, seine Frau Frieda lebe mit Frick zusammen. Sie bekam in kurzer Folge drei Töchter, und Hans Gross geriet in Rage über ihre illegale Fruchtbarkeit. Er machte sich Sorgen über sein beträchtliches Erbe, bezeichnet das Kind Peter Gross als den einzigen, legalen Erben. Auf dem Bezirksgericht von Graz verlangt er, auch Vormund dieses Peters zu werden, er denkt an Kidnapping, das Kind muss weg aus dem Tessin.

Otto und Frieda sind getrennt, leben nun aber beide in der Angst, ihr Peter werde von Hans Gross reklamiert und müsse nach Graz. Durch eine Pressekampagne von Ottos

Schriftsteller-Freunden geriet der Fall an die Öffentlichkeit.

Frieda Gross bekam Besuchsverbot in der Anstalt ihres Mannes, trotzdem unternahm sie die weite Fahrt und besuchte ihn. Gross, gerührt, schrieb später an sie: *Du hast schwer an mir gelitten, Frieda (...). Ich habe nachgedacht, wie ich dir helfen soll, Dich selber zu finden, und habe nicht einmal gewusst, dass ich mich selbst nicht kenne. Dein Otto.*

Vater Hans Gross starb 1915, und Otto konnte das strenge Urteil von Graz mildern, denn er war in der Zwischenzeit als Arzt und Buchautor gleichermaßen anerkannt. Doch den Drogen verfiel er phasenweise immer wieder.

Im Februar 1920 erfuhr Rega durch ihre Freundin Else Jaffé von Ottos Tod, mit 42 Jahren wurde er halb verhungert in Berlin im Durchgang einer Lagerhalle gefunden, er hatte wohl vergeblich versucht, an Drogen zu kommen ...

Regas Töchter waren unterdessen junge Frauen geworden. Gerda heiratet einen Gärtner, Camilla erlernt in England und Hamburg Krankenpflege. Camilla, die die Mutter später in ihren Altersgebrechen pflegte, bat sie einmal: »Bitte, erzähl mir von meinem Vater.«

Regina kamen Tränen.

»Hast du ihn geliebt?«

»Wärest du denn sonst da?«, erwiderte die alte Frau mit brüchiger Stimme.

Später, bei Else Jaffé auf Besuch, fragt Camilla: »Else, hast du meinen Vater auch geliebt?«

Sie nickt. »Du als seine Tochter sollst wissen, warum ich und warum viele andere Otto Gross geliebt haben. Das Besondere an ihm war seine leidenschaftliche Hingabe, mit der er einem Menschen helfen wollte.«

»Also nicht nur ein gefährliches Erbe, wie mir viele zu verstehen gegeben haben?«

»Camilla, wenn ich dich am Krankenbett deiner Mutter erlebe, dann spüre ich so viel von Otto. Von seiner Hingabe, seiner Intensität und Menschenliebe.«

Camilla pflegte die Mutter im bayerischen Kirchseeon bis zu deren Tod im Jahre 1961.

Eine offene Ehe
Aline und Wladimir Rosenbaum

Aline und Wladimir Rosenbaum hatten in der Neuen Zürcher Zeitung die Annonce einer Liegenschaft im tessinerischen Onsernonetal entdeckt, die Skizze eines kleinen Schlösschens hatte ihre Aufmerksamkeit erregt. Das Paar dachte an ein Landhaus als Rückzugsmöglichkeit, wurde doch in Zürich die Arbeit für den erfolgreichen jüdischen Rechtsanwalt durch eine zunehmend aggressive Politik immer schwieriger.

Schon am folgenden Samstag waren sie mit dem Auto über die damals noch staubige Straße des Gotthard gefahren, dann die endlosen, engen Kurven hinauf ins Onsernone nach Comologno, dem vorletzten Dorf des Tales. Jetzt im Frühsommer fanden sie das Dorf wie leergefegt, die Männer arbeiteten noch als Maurer und Gipser im Ausland, die Frauen waren mit Kühen und Ziegen zu den Alphütten gezogen.

Der Palazzo wurde den Interessenten aus Zürich von der Besorgerin des Hauses, einer alten Frau namens Terza, gezeigt.

Den Rosenbaums gefiel das herrschaftliche Haus mit Turm und Umschwung auf Anhieb, der letzte Besitzer hatte im Garten sogar ein kleines Schwimmbecken bauen lassen.

Aline, die gelegentlich Texte für Zeitungen schrieb, fragte nach der Geschichte des herrschaftlichen Anwesens und erfuhr beim Mittagessen durch die Wirtin von folgender Begebenheit:

Ein junger Mann aus Comologno aus der Familie der Remonda hatte im 18. Jahrhundert in Frankreich an der Pariser Börse sein Glück gemacht: Schiffe, die nicht rechtzeitig im Hafen eingelaufen waren und als verschollen galten, konnten ersteigert werden, lief das Schiff wider Erwarten doch noch ein, fiel es samt seiner Fracht dem Ersteigerer zu. Remondas Schiff, das den Hafen nach Wochen doch noch erreichte, war hoch beladen mit Seidenstoffen. Remonda verkaufte die Stoffe an reiche Damen, kam zu Vermögen und ließ in seinem Dorf Comologno nach savoyardischem Vorbild einen Palazzo bauen, den er »La Barca«, das Schiff nannte.

Aline Rosenbaum (später publizierte sie unter dem Pseudonym Aline Valangin) war entschlossen, die ersten drei Sommerwochen allein in diesem Haus zu verbringen, ihr Ehemann hatte in Zürich noch seine Termine.

Im Dorf nannte man die neuen Herrschaften nur die *Sciori*, wohl eine aus dem Tessiner Dialekt stammende Abkürzung für Signori.

Bis die Einheimischen sich an den Anblick der fremden jungen Frau, die im Dorf einkaufte, gewöhnten, dauerte es eine Weile. Gegen Abend sah man sie manchmal auf einem der Feldwege mit einem Gast spazieren, der Bergwind blähte ihr helles ärmelloses Leinenkleid und ließ dunkle lange Haare flattern, ihre nackten Schultern waren rund

und sonnengebräunt. Hier oben im Tal bedeckten die Frauen auch im Sommer Brust und Schultern, ihre Kleider waren aus leichter Wolle, meist dunkelbraun oder dunkelgrau, unempfindlich gegen die Härten der Feldarbeit.

Die Frauen waren monatelang ohne ihre Männer, und niemand solle sie begehren, hieß es.

Als Aline in der Barca einzog, blieb Terza, die alte Magd, ganz selbstverständlich mit der neuen Herrschaft dort wohnen, vom letzten Besitzer stehe ihr durch ein Legat das Recht zu, bis zu ihrem Tod im Haus zu leben.

»Ach, lassen wir sie, das Haus ist doch groß genug«, sagte Wladimir. Doch die alte, etwas brummige Frau wäre lieber alleine im Palazzo geblieben, durch allerlei Manipulationen versuchte sie, die junge Frau zu vertreiben. Schon bald entdeckte sie Alines Vorliebe für den Garten, und so knickte sie frühmorgens blühende Zweige, köpfte neue Rosenblüten und streute sie auf den Kiesweg.

Als Aline das große Zimmer mit der Rosentapete als ihr Schlafzimmer wählte, sagte Terza: »Es ist das Zimmer, in dem die letzten sechs Padroni gestorben sind.« Doch Aline zeigte sich unbeeindruckt. »Ein gutes Sterbezimmer wird auch ein gutes Ruhezimmer sein«, entgegnete sie lachend.

Aline verwaltete Küche und Haus mit der Köchin Maria, aber trotz ihrer spontanen Liebe für das Onsernonetal zog es sie immer wieder zu Wladimir nach Zürich, sie hatten gemeinsame Aufgaben und teilten viele Interessen.

Von Beginn an faszinierte beide die Analytische Psychologie C. G. Jungs, der am Zürichsee seine Bücher schrieb.

Gemeinsam besuchten sie die Abende des Psychologischen Clubs an der Böcklinstraße.

Da C. G. Jung damals oft beim Militär war, wurden die Abende häufig von seinem Schüler und Stellvertreter Herbert Oczeret und dessen Frau geleitet.

Zürcherinnen und Zürcher aus besten Familien nahmen an den Gesprächen teil, es gehörte zur Moderne, über seine Seele nachzudenken und sie durch Psychoanalyse gewissermaßen chemisch reinigen zu lassen. Die Oczerets hatten ihre eigene Art, auf Probleme einzugehen, so ziemlich alles wurde als sexuelle »Verkniffenheit« entlarvt. Aline wehrte sich manchmal dagegen, etwa im Falle der alten Frau Escher, die immer von vielen Reisen träumte und deren Träume Oczeret als verkappte sexuelle Wünsche einer Frau deutete, die in einer langweiligen Ehe gefangen sei! »Ach, Herr Oczeret«, mischte sich Aline ein, »es war ja damals Krieg, man konnte nur vom Reisen träumen!«

Darauf Oczeret: Aline lenke gerne von den Problemen ab, sie sei verstiegen und gouvernantenhaft, eben eine aus Bern! Aline widersprach: »Ich stamme keineswegs aus der Bundesstadt, meine Vorfahren sind aus Südfrankreich in die französische Schweiz nach Valangin bei Neuenburg gezogen! Doch Oczeret blieb stur und tat, als hätte er in Aline eine der alten Tanten der Berner Bürgerschaft vor sich.

Beim Tee kam das Gespräch dann auf C. G. Jung. Oczeret behauptete, Jung sei nicht wie man annehme, im Militärdienst, er habe sich vielmehr mit seiner attraktiven Sekretärin in einen Turm zurückgezogen! »Nicht schlecht für Jung«, sage Oczeret herablassend, »er ist verklemmt und muss noch viel lernen!« Aline hielt dagegen, Jung sei ein Psychologe mit einem tiefen Gespür für das Unbewusste. Er werde mit seinen Theorien noch Furore machen, ja, das werde Herr Oczeret noch erleben!

Oczeret kam mit Alines Widerspruch schlecht zurecht, doch er schätzte ihren Mann Wladimir Rosenbaum. Der Jurist hatte ihn kürzlich nach Hause eingeladen und ihm abstrakte Holzkompositionen von Hans Arp gezeigt. In der nächsten Sitzung an der Böcklinstraße bemerkte Oczeret: »Die Moderne vollzieht sich nicht nur in der Kunst, sie vollzieht sich auch in den Betten! Die Zukunft gehört der offenen Ehe!«

Wladimir leuchtete das ein. In den Zwanzigerjahren des 20. Jahrhunderts war ja alles neu: Die Kunst, die Literatur, der Tanz, die Musik … Und ausgerechnet die Liebe sollte nach alten Prinzipien funktionieren?

»Versuche, mit Alines bester Freundin ins Bett zu gehen!«, riet Oczeret.

Eines Abends kam Oczeret wieder in die Wohnung der Rosenbaums. Als er erfuhr, Wladimir sei ausgegangen, versuchte er, Aline zu verführen. Sie wies ihn ab.

»Was ist mit dir?«, fragte er schroff.

»Ich kann nicht.«

Dass er ihr nicht gefiel, behielt sie für sich.

»Du bist einfach keine echte Frau, du hast keine Begabung für Erotik«, sagte er beleidigt.

Ein paar Jahre später wurde der Jurist Rosenbaum von einer Dame aufgesucht, die ihm gestand, sie sei, nachdem sie mit

Oczeret geschlafen habe, an Gonorrhöe erkrankt. Und sie wisse von weiteren Patientinnen, die der Analytiker ebenfalls infiziert habe!

Der Jurist ließ Oczeret kommen und forderte ihn auf, die Schweiz innerhalb von vierundzwanzig Stunden mit seiner Frau zu verlassen, sonst müsse er ihn anzeigen!

Und Oczeret fügte sich, er begriff, was auf dem Spiel stand.

Alines Eltern waren gegen eine Heirat mit Rosenbaum gewesen. »Was kann Dir dieser mittellose russische Student schon bieten?«, hatte die Mutter damals gefragt. Sie selbst, die aus Thun stammte, hatte einen Ducommun geehelicht, dessen Vorfahren sich während der Hugenottenkriege aus Südfrankreich in das Neuenburgische Valangin geflüchtet hatten. Der Gatte, erst Apotheker in Vevey, wurde später Leiter der Insel-Apotheke in Bern. Die Mutter hätte sich mehr Glanz für ihr Leben erhofft, als junge Verlobte war sie wohl geblendet gewesen vom Salon des kosmopolitischen Schwiegervaters. Als Leiter des Friedensbüros in Bern hatte der alte Ducommun Politiker empfangen und schönen Friedensbaroninnen wie Bertha von Suttner die Hand geküsst. 1902 wurden seine Verdienste mit dem Friedensnobelpreis gewürdigt.

Doch der junge Ehemann, der Alines Vater war, war eine andere Natur: trocken, ein Pillendreher. Da blieb der Thunerin nur die Liebe zur Musik und zu ihrer musisch begabten Tochter.

Die Mutter hatte gehofft, dass Aline den Stickereifabrikanten Stehlin heirate, eine Generation älter als Aline, dafür vermögend. Doch Aline hatte sich für den jungen russischen Studenten Rosenbaum entschieden, seine Freunde waren die Dadaisten des Cabaret Voltaire, der Surrealist Hans Arp und seine Frau, die Künstlerin Sophie Taeuber.

Sophie, ein Multitalent, malte, webte, tanzte, sie unterrichtete auch an der Kunstgewerbeschule Zürich und war die einzige der Freundesrunde, die damals etwas Geld verdiente. Ja, Rosenbaum hatte erst noch seine Examina hinter sich zu bringen …

Nicht einmal Aline hatte geahnt, dass sie einen Magier geheiratet hatte!

Kaum hatte Wladimir seine Anwaltskanzlei eröffnet, sprach sich herum, dass der neue Rechtsanwalt, spezialisiert auf Strafrecht, die Prozesse, die er führte, ausnahmslos gewann.

Schon im Mai 1926 konnten die Rosenbaums in die vornehmen Räumlichkeiten des »Baumwollhof« an der Stadelhoferstraße umziehen.

Es begann eine »breite« Lebensführung, berichtet Aline später.

Davon erzählt der Schriftsteller Elias Canetti in seiner Autobiographie:

Der eigentliche Star des Abends war aber doch die Dame des Hauses selbst. Man wusste von ihrer Freundschaft mit Joyce und Jung. Es gab keinen angesehenen Dichter, Maler oder Komponisten, der nicht in ihrem Haus verkehrte. Sie war klug, man konnte mit ihr sprechen, sie verstand etwas von dem, was solche Männer zu ihr sagten, sie konnte ohne Anmaßung mit ihnen diskutieren. Sie war erfahren in Träumen, etwas, was sie mit Jung verband, und es hieß, dass sogar Joyce ihr seine Träume erzählte.

Sie hätten gerne Kinder gehabt, aber Aline wurde nie schwanger, und keiner der Gynäkologen, die sie aufsuchte, konnte die Ursache dafür finden. Rosenbaum stürzte sich umso mehr in die Arbeit und in kleine Liebesgeschichten: Freundinnen konnte er haben, so viele er wollte. Er zeigte ihnen die von Aline geschmackvoll eingerichtete Wohnung, und wenn etwas gefiel, verschenkte er es mit Grandezza und Handkuss.

Was der Rechtsanwalt hier machte, wirkte auf die Damen vom Zürichberg neu und erregend: Ein erfolgreicher, brillanter Mann, der Frauen liebt und nicht wie die meisten reichen Schweizer auf seinem Geld sitzen bleibt.

Und Aline? Sie füllte den Leerraum mit Klavierspiel, Beziehungen, Gespenstern. Manchmal hatte sie erschreckende Tag- und Nachtträume, nach einer der schlimmsten Nächte rief sie C. G. Jung an. Nein, sie sei nicht verrückt, tröstete Jung sie am Telefon, sie sei nur im Kontakt mit ihrem Unbewussten.

Auch er, Jung, habe vor dem Weltkrieg seltsame Träume gehabt und habe selbst im Wachzustand Gespenster gesehen.

Aline, die nicht vergessen konnte, dass Oczeret ihr mangelnde Erotik vorgeworfen hatte, begann nun im Gegenzug ebenfalls erotische Eroberungen zu machen:

Sie waren auf einem Studentenball.

Ein junger Grieche verfolgte sie mit seinen dunklen Augen über die Schultern seiner Tänzerin hinweg. Später holte er sie zum Tanz.

Ich stand in Flammen. Wir verabredeten uns auf den nächsten Nachmittag. Er kam, legte mich auf den Boden, und ohne Umschweife war es getan. Ich war mehr verwundert als entzückt, er wahrscheinlich enttäuscht.

In der Analysestunde berichtete sie Oczeret nicht ohne Stolz, was geschehen war. Er musterte sie und sagte: »Das hättest du eigentlich mir geben sollen.«

Ihm gefiel es nicht, wenn sich etwas seiner Machtsphäre entzog.

Dann begann in Ascona ihre erotische Beziehung zu dem Maler Walter Helbig.

Freund Bryks nahm sie in den Ferien zu einem Fest im Garten der Helbigs mit, der Maler war in Dresden aufgewachsen und arbeitete teils in Ascona, teils in Küsnacht am Zürichsee. Seine Frau bereitete den Teetisch. »Die Helbig ist eine tüchtige Frau, sie hält alles unter Kontrolle«, sagte Bryks später. »Ihr Maler, ein Ästhet, würde das praktische Leben kaum meistern, und was ihr an Erotik fehlt, ersetzt sie durch Finanzen.« Der Maler bat Aline beim Abschied: »Möchten Sie mir einmal Modell stehen, Aline?« Sie sagte zu, ließ sich aber Zeit, das Versprechen einzulösen.

An einem Frühlingsnachmittag kam sie. Und während man auf der Terrasse hörte, wie die Gattin wiederum den Teetisch deckte, malte Helbig oben in seinem Atelier fieberhaft, wortlos, es kam Aline vor, er blicke sie, das nackte Modell, kaum an. Die Zeit war schnell um, die Gattin rief, Aline begann sich anzuziehen. Da stand plötzlich der Maler neben ihr, umarmte sie mit großer Heftigkeit. Er war ein mittelgroßer Mann von weichen, ansprechenden Gesichtszügen, schweigsam und feinfühlig. Sie wehrte sich nicht, ihre Körper hatten schon lange nacheinander verlangt, zwischen den Bildern der Staffeleien liebten sie sich wortlos. Auf der Terrasse unter den Augen der strengen Gattin leistete Aline heimlich Abbitte, doch der Mann, den man in Ascona als *molto inflammabile* bezeichnet hat, ist plötzlich ganz da, erzählt, scherzt, schenkt persönlich den chinesischen Tee aus.

Es geht lange, bis sie sich wiedersehen können. Endlich, an einem Abend im Frühsommer, fährt Helbig von Ascona hinauf ins Onsernonetal. Aline führt ihn ins Turmzimmer der »Barca«. Der Blick aus dem Fenster geht auf das Dorf, das weit unter ihnen liegt, das Turmzimmer hat seinen eigenen Himmelsraum, die Nacht ist von Sternen übersät. Die Fenster stehen, wenn sie sich lieben, weit offen.

Helbig ist ein sanfter, leidenschaftlicher Liebhaber. Sie spürt, es sind keine Techniken, die den Glanz einer Liebe ausmachen, Liebe bewegt etwas in ihrem Innern, sie hat eine transformierende Kraft.

Nach der Liebesnacht strömt aus den Bergwäldern klare Morgenluft in den Turm, Aline atmet ein: Atem ist Leben, Liebe. Eros.

Ihr Liebesleben, hätte es hier stillstehen können? Doch das Leben hat nach dem Trauma des Ersten Weltkriegs ein Vorwärts im Kopf, es tickt großzügig und vielfältig weiter. Helbig fährt ins Tal zurück zu einer Frau, die ihn überragt an Gewicht und Ausmaß, eine Walküre, die sein Leben ordnet.

Und zum Wochenende fährt Rosenbaum die dreihundert engen Kurven hinauf nach Comologno zu seiner Aline …

Da sitzt Rosenbaum auf dem Canapé in der »Barca«, küsst seine Muse Nummer eins, und die *barca*, besetzt von Anhängern der offenen Ehe, treibt hinaus in ein Meer der Zukunft.

Auf der Wochenendinsel, nach dem ersten Schluck seines geliebten roten Wermuts, erzählte Wladimir: »Unser Freund Bryks hat mich gewarnt! – ›Wladimir, dich sieht man in Zürich Arm in Arm mit hübschen Frauen, und Deine Aline soll im Tessin den Maler lieben … Da kann eure Ehe nicht lange dauern, ihr werdet bald auseinandergehen!‹«

Aline blickt erschrocken zu Wladimir, er blickt unerschrocken zurück, sie beginnen zu lachen, umarmen sich.

»Wir zwei gehören zusammen, was auch immer passiert!« Sie nickt, fasst ihn um die etwas fester gewordene Taille. Sie machen Tanzschritte: »Immer zusammen, ja zusammen«, summen sie im gleichen Takt.

Da bleibt Aline abrupt stehen – »und wenn einer von uns sich scheiden lassen will?«

»Dann soll das friedlich geschehen, der andere muss ihn ziehen lassen«, sagt Wladimir. »Doch uns, allerliebste Aline, passiert das nicht.«

Sie entschließen sich, Martin Bubers Vorträge über die Ehe zu hören.

Suchen sie heimlich ein Kontrastprogramm? Wollen sie sich lösen vom sexuellen Durcheinander, »dem Salat«, wie man das im Zürich der Zwanzigerjahre nennt?

Das Paar hatte den 1878 in Wien geborenen Religions-philosophen Martin Buber bei Freunden in Zürich kennen-gelernt, beide waren beeindruckt von der Art, wie er unge-wöhnliche Gedanken zu äußern verstand. Sie wagten es, ihn zu einer Vortragsreihe einzuladen, er sagte zu und wählte das Thema: »Der gemeinschaftliche Mensch«. Sie trommelten zwanzig Freunde zusammen, die meisten aus Jungs Psychologischem Club und kamen überein, in Ascona einen Sommerkurs mit Buber anzubieten. Aline, die alles vorbereiten sollte, mietete auf dem Monte Verità im Haus »Semiramis« Hotelzimmer.

Als Buber eintraf, wirkte er blass und angeschlagen. Einer seiner Jünger brachte Aline schonend bei, der Meister habe ein Furunkel an der heikelsten Stelle und sei unfähig zu sit-zen, sein Arzt verlange, dass er das Bett hüte!

Unterdessen waren die Kursteilnehmer eingetroffen.

So versammelte man sich am nächsten Tag um das Lager des Vortragenden. Halb aufgerichtet, den wallenden, schon ergrauenden Prophetenbart auf dem Leintuch, sprach Buber über die Ehepartner: »Sie offenbaren einander das Du, das nicht Ich ist. Immer ist in einer Beziehung ein Drit-tes anwesend.«

Für die ehemaligen Jung- und Oczeret-Schüler klang das exotisch.

Interessiert hörte man zwar zu, überdachte einiges, doch im Hinterkopf waren schon die Zweit- und Drittbeziehun-gen. Die Tage waren heiß, an den Nachmittagen ging man zum See, nahm ein Bad. Einige verliebten sich in dieser Zeit heftig ineinander, Ehepaare wollten auseinandergehen,

Frauen weinten, »kurzum, die viele Weisheit brachte viel Torheit zu Tage«, schrieb Aline in ihr Tagebuch.

Ende der Zwanziger- und zu Beginn der Dreißigerjahre wurde es auch in der Schweiz politisch unruhig, heimlich oder offen schwappten Wellen von Antisemitismus aus Deutschland hinüber nach Zürich. Plötzlich führten Rosenbaums Konkurrenten seinen Erfolg auf sein Jüdischsein zurück. Auch suchten immer mehr gefährdete jüdische Menschen aus dem Ausland in seiner Kanzlei Rat und Hilfe.

Zu dieser Zeit lernt Aline in Zürich einen Emigranten kennen, der für sie neben Wladimir Rosenbaum der wichtigste Mensch werden wird.

Der italienische Schriftsteller Ignazio Silone kam erstmals als Italienischlehrer für den zwölfjährigen Neffen in den »Baumwollhof«. Wladimir war er mit folgenden Worten empfohlen worden: »Ein Emigrant, der sich mühsam mit ein paar Sprachstunden an der Berlitzschule durchschlägt, ein geheimnisumwitterter Mensch, Schriftsteller und Kommunist.«

Nach der ersten Italienischstunde mit dem Neffen bittet ihn Aline noch zum Kaffee und zu einem kurzen Gespräch. Er nimmt an, doch die Augen des großen, schönen Mannes blicken müde, auf den Wangen zeichnen sich rötliche Flecke ab. Aline erkundigt sich, ob er noch Familie in Süditalien habe? Er verneint, das Erdbeben in der Provinz L'Aquila 1905 habe seine Familie, Geschwister und Eltern verschüttet, außer dem jüngsten Bruder lebe niemand mehr.

»Das ist ja unfassbar«, stammelt sie. »Und Ihr Bruder, wo lebt er?«

Die faschistische Polizei hat Romolo verhaftet und im Gefängnis beinah totgeprügelt, weil man ihn irrtümlich für ein Mitglied der KPI gehalten hat, da liegt vielleicht eine Verwechslung mit meiner Person vor.

»Und Sie sind, wie man sagt, ein Kommunist harter Prägung?«, wagt sie den Dichter zu fragen.

Er blickt sie an, erkennt ihren Ernst und diese spröde Naivität, der er in der Schweiz oft begegnet.

»Ich will versuchen, Ihnen meinen Weg zu erklären. Glauben Sie mir, das Schlimmste war für mich, den damals Fünfzehnjährigen, nicht das Erdbeben, es waren die korrupten Politiker, die alle Hilfsgelder in die eigene Tasche steckten. Nur ein Priester hat damals den armen Landarbeitern, den sogenannten *Cafori*, geholfen. Mit siebzehn habe ich angefangen, Zeitungsartikel zu verfassen für *Avanti*. Mit neunzehn bin ich aus der Kirche ausgetreten, weil sie sich nur um die schickliche Rocklänge der Frauenkleider gekümmert hat. Mit gut zwanzig wurde ich Vertreter der sozialistischen Jugend und habe am Gründungskongress der Kommunistischen Partei Italiens teilgenommen.

Die Partei, die unter Togliatti 1926 in den Untergrund gehen musste, ernannte mich zum Sekretär der illegalen ausländischen KPI und schickte mich zur Komintern nach Moskau ...«

Er hält inne, wird sich bewusst, dass er dieser Unbekannten zu viel erzählt. Er verschweigt ihr, dass er Zweifel hat an der Partei. Dass er vielleicht bald ein Christ sein wird ohne Kirche, ein Kommunist ohne Partei ...

Nach diesem ersten Zusammentreffen reißt Aline das Fenster auf. Schneeflocken fallen schwer in die kahlen Äste, die Bäume stehen vor einer verdunkelten Stadtszenerie, die Jahre der Leichtigkeit sind vorbei.

In ihrem nächsten Gespräch kommen sie auf menschliche Werte zu sprechen. »Für mich ist einer der obersten Werte die Freiheit«, sagt Aline, »Freiheit des Denkens und des Handelns. Mir scheint, Ideologen pressen Menschen in eine Zwangsjacke.«

Ihr Gegenüber nickt vage.

In Gedanken sieht er sich nochmals in Moskau in der Komintern. Auf Wunsch Stalins sollten Togliatti und er eine Resolution gegen Trotzki unterschreiben. Ein Dokument mit Trotzkis Verfehlungen war aber nicht einzusehen, der Deutsche Thälmann unterschrieb trotzdem. Silone und Togliatti verweigerten die Unterschrift. Nun verdächtigte man sie, Trotzkisten zu sein, warf ihnen Untreue gegenüber der Partei vor.

»Lerne, was kommunistische Disziplin bedeutet«, sagte Thälmann zu Silone.

Nach der Rückkehr aus Moskau war Silone voller Unruhe. Dienen Menschen, die ihr Leben aufs Spiel setzen oder im Gefängnis schmachten, wirklich dem Kommunismus?

Die Gespräche mit Aline Rosenbaum werden für Silone immer wichtiger, zwar versteht diese Frau nichts von marxistischer Theorie, doch sie hat einen unverstellten Zugang zu dem, was er menschliche Werte nennt. Aber noch immer verrät er ihr nicht, dass er sich mit der Überlegung quält, die Partei zu verlassen.

Durch die Gespräche entsteht eine Vertrautheit, die Aline noch mit niemandem erfahren hat, aber Silone bleibt auf Distanz. Sieht er sie wohl als Bourgeoise, als »Feindin«?

Im Winter erlitt der lungenkranke Silone einen Blutsturz, er kam ins Krankenhaus, genas nur langsam. »Er braucht Höhenluft«, sagte Dr. Katzenstein, der Arzt, der kostenlos Emigranten behandelte. So kam Silone ins Tessin, teils wohnte er in der »Barca«, teils in der proletarischen Kooperative »Fontana Martina« in Ronco. Wo immer er sich befand, schrieb er an seinem Buch *Fontamara*.

Das Schreiben als ein Gehäuse, in dem man wohnt.

Oprecht in Zürich, Verleger antifaschistischer Literatur, wollte das Buch herausbringen, die Übersetzung aus dem Italienischen besorge die aus Italien stammende Frau des Arztes, Nettie Katzenstein-Sutro.

Auch im Sommer darauf kam Silone wieder in die »Barca«. Er brachte das beinah fertige Manuskript *Fontamara* mit, wollte aber noch einige Erweiterungen vornehmen. Aline spürte seine Unruhe: »Nein, nicht spazieren, ich lese lieber die neuen Passagen aus dem Manuskript vor und wartete auf dein Urteil, Aline.«

Er liest die Stelle, wo die faschistische Miliz ein Viereck bildet und die Bauern einschließt, sie mit Waffen bedroht. Im Lesen stockt Silone, seine Augenlider zucken, Tränen fließen über seine Wangen.

Sie legt sachte ihre Hand auf seinen Arm. »Die Geschichte greift dich an.«

Er sagt gepresst: »Ich denke an meinen Bruder. Er ist letzte Woche gestorben. Er hat meine Rolle übernommen, und getan, als wäre er Kommunist. Dabei bin ich aus der Partei ausgetreten!«

Sie hebt erstaunt den Kopf. »Du bist ausgetreten?«

Er nickte. »Vor Monaten. Eine schmerzliche Entscheidung, die Partei war viele Jahre meine Heimat.«

Es war still in der »Barca«, die Gäste verzogen sich um diese Zeit in ihre Zimmer im Nebengebäude. Da Aline fröstelte, zündete sie im Kamin Feuer an. Silone mochte nicht mehr lesen, seine eigene Welt hatte ihn eingeholt.

Sie lagen nebeneinander auf der Liege mit dem Baldachin, Aline hatte den Arm um ihn gelegt: »So gelockert, in der brennenden Gegenwart aufgehoben, war ich nie gewesen und sollte es auch nie mehr sein«, schrieb sie.

Silone wollte nochmals nach Ronco in die »Cooperativa Fontana Martina«, Clément Moreau hatte angeboten, für Silones Buch *Fontamara* Linolschnitte anzufertigen.

Wieder war die »Barca« voller Schriftsteller und Künstler, Aline hatte alle Hände voll zu tun, und sie sehnte sich nach Silone, ja, sie entbehrte ihn.

»Ich werde dich lassen müssen, Aline«, hatte er sie letztes Mal gewarnt, doch sie konnte es nicht glauben. Und dann brachte die Post einen Liebes-, nein, einen Abschiedsbrief:

Er müsse sich für immer von ihr trennen, um ihre Liebe zu retten. »Das Schlimmste ist nicht die Trennung, ärger sind die Banalität, das Vulgäre, das Mittelmaß.«

Dringt da bei Silone ein abendliches Gespräch durch mit Paolo Rossi, dem früheren Italienischlehrer und gelegentlichem Liebhaber von Aline? Auch der Emigrant Rossi lebte einige Zeit in Zürich, kam dann zurück nach Comologno, er und Silone hatten eine ähnliche Emigrantengeschichte, sie waren im gleichen Alter. Sie trafen sich abends manchmal in der Dorfkneipe. Rossi konnte es wohl nur schlecht verwinden, dass Silone ihn bei Aline abgelöst hatte: »Pass auf mit Aline Rosenbaum, warnte er, ich musste damals feststellen, dass ich nicht ihr einziger Liebhaber bin! Ich kann nicht zulassen, dass sie sich ein geistiges Air gibt und dabei die ganze Welt nur als einen erotischen Konsumgegenstand betrachtet …«

Silone blieb zuerst unbeeindruckt. Als Sozialist halte er Frauen für gleichberechtigt, in der modernen Zeit suchten sie, gelegentlich über Umwege, was für einen Mann längst selbstverständlich sei: Erotik. »Ich habe eine Menge gelernt von dieser Frau«, sagte Silone, »schau dir nur diese ›Barca‹ an, sie hat da für viele ein Refugium der Toleranz und Menschlichkeit geschaffen …«

Autos gab es damals nur wenige im Tal. In Comologno erwarteten junge Leute die Wochenend-Rückkehrer, man schloss Wetten ab, wer zuerst eintreffen würde: Rosenbaums Amerikaner? Der Bugatti des Herrn Degiorgi? Der Chef der Präfektur in Locarno mit seinem Papagei auf der Schulter?

»Sie kommen!«, hörte man die jungen Männer rufen.

Der Bugatti hatte gesiegt. Doch schon war auch Rosenbaum eingetroffen, ein Gentleman in cremefarbenem Anzug und mit breitkrempigem Hut, er drückte dreimal auf die Hupe, um seine Ankunft im Palazzo zu melden.

Ein weiterer Mann war ausgestiegen, in dem für Künstler typischen Manchesteranzug, daneben eine mondäne junge Frau. Noch stand die hintere Wagentür offen, noch glaubte man, niemanden mehr im Innern zu sehen, da schob sich, wie von Geisterhänden gehoben, eine Schreibmaschine heraus! Kurze Beine schnellten nach, ein gedrungener Oberkörper, ein rundlicher Kopf.

»Ist das der Schriftsteller?«, fragte der junge Luca den Italienischlehrer Rossi.

»Ja, das ist er, Kurt Tucholsky.«

»Berühmt?«

»Berühmt und berüchtigt. Seine Texte sind provokant, er hat eine freche Schnauze. So möchte auch ich gern gegen die Faschisten schreiben können.«

Der Hausdiener hatte inzwischen die beiden sargähnlichen Schrankkoffer des Herrn Tucholsky entdeckt, gewichtiger als alles, was bisher in die »Barca« hinauftransportiert worden war. Der Padrone sieht es und bietet sofort vier junge Männer auf. Die Hausherrin unter der Türe erschrickt und ordnet an, man möge die Koffer hinauftragen in den zweiten Stock, in ihr bestes Zimmer, das mit einem eigenen Waschkämmerchen!

Tucholsky war früher als erwartet eingetroffen, mit zwei Überseekoffern, als habe er vor, sich mindestens für ein halbes Jahr hier einzurichten. Aline hatte ihn vor einem Monat in Zürich im »Baumwollhof« empfangen, ein eher komplizierter Gast, gewohnt, gut, viel und teuer zu essen! Dr. Katzenstein, der Neurologe, der in Zürich die Emigranten kostenfrei behandelte, hatte Tucholsky dringend zu einer Diätkur in Bad Tarasp geraten, er müsse abspecken. Wladimir bat Aline, Tucholsky mit ihrem Wagen nach Tarasp zu bringen, und auf der Reise über den Pass erzählte der Fahrgast, Dr. Katzenstein wolle ihn auch noch im Tessin ins Gebirge schicken, Frau Rosenbaum kuriere dort auch mit Erotik!

Sie lachte verlegen: »Ich hasse banale Flirts.«

»Ach Aline, es heißt, dass Sie sich die Männer aussuchen: den Maler Helbig, den Schriftsteller Toller und dann auch noch die Affäre mit dem italienischen Dichter Silone … Eine für Frauen bemerkenswerte Autonomie!«

»Ach was, Affären, Herr Tucholsky, es sind intensive Beziehungen! Toller ist ein Mensch von großer Sensibilität, Sprache bedeutet ihm viel, wir haben zusammen Gedichte der alten Chinesen aus der französischen Übersetzung ins Deutsche übertragen …«

»Und Silone?«

»Nun, wenn ich einmal alt bin, könnte es sein, dass mir nur zwei Männer in Erinnerung bleiben, die ich wirklich geliebt habe: mein Mann Wladimir Rosenbaum und Silone …«

Tucholsky nickte. Er war eine Weile still, dann tönte seine Stimme leise und seltsam brüchig: »Man sagt mir nach, ich sei ein homme à femmes. Doch ich habe eigentlich nur eine geliebt: Mary. Eine Baltin.«

»Ihre erste Frau?«

»Nein, die erste vor der ersten«, er lachte rau.

Aline fürchtete sich vor weiteren Bekenntnissen und beendete, rasch eine Kurve nehmend, das Gespräch: »Die Passstraße braucht jetzt meine volle Konzentration.«

Am Montag nach Tucholskys Ankunft in Comologno saß Aline mit Maria, der Köchin, planend am Küchentisch und sagte mit einem Seufzer: »Ja, nun haben wir auch an Herrn Tucholsky zu denken …«

»Gewohnt, gut, viel und teuer zu essen«, wiederholte die Köchin ehrfürchtig. »Doch, Signora«, überlegte sie, »das Kaninchen heute Abend könnte ich raffinierter zubereiten. Und zum Nachtisch reichen wir Fruchtsalat und eine Bavaroise …«

»Herr Tucholsky darf nicht zunehmen«, sagte Aline, »er kommt von einer Abmagerungskur, Dr. Katzenstein hat eine Anleitung für seine Diät mitgegeben.

Wir haben nun acht Gäste am Tisch und müssen jeden Gang doppelt vorbereiten: Pasta als Vorspeise für die Normalen, Salat für die Schwergewichte. Hauptgang Tessinerbraten mit Speck, für die Dicken mageres Rindfleisch. Zum Dessert Cremespeisen, für die Schwergewichte Fruchtsalat.«

Die Köchin Maria kochte widerwillig alles doppelt, sie brauchte in der Küche zwei Stunden länger als sonst. Doch eines Abends stellte sie sich vor die Padrona: »Sciora, der Diätplan für Herrn Tucholsky ist für die Katz!«

»Was soll das heißen, Maria?«

»Also, wir machen uns die Mühe, immer mit Seitenblick auf den übergewichtigen Herrn Dichter, und was passiert? Der Herr isst brav seinen großen Teller Salat, dann bedient er sich ebenso großzügig von der anderen Vorspeise. Auch das Dessert nimmt er zweifach!

Dank unserer Maßnahme isst er doppelt soviel!«

Die Sciora seufzte, sie hatte es befürchtet.

Doch Maria hatte Tucholsky auch beim Frühstück beobachtet: »Er ist morgens der erste am Tisch. Futtert allein seine Brötchen, trinkt vom Milchkaffee. Bleibt dann sitzen, bis die nächsten Gäste kommen, plaudert und isst mit jedem das Frühstück noch einmal!

Die Sciora sehe es ja selber, die Badehose des Herrn Tucholsky sei, des Bauches wegen, ganz dekolletiert!!!«

Die Sciora lachte, doch im Grund ärgerte sie sich, denn Tucholsky verdrückte diese unglaublichen Mengen irgendwie lustlos. »Meine Geschmacksnerven sind abgestorben, alles schmeckt wie Sägemehl!«, hatte er einmal geklagt.

Ich glaube, er war unglücklich und ratlos, er fürchtete sich vor den Fangnetzen der Nazis. »Er litt sehr und eigentlich tapfer«, schrieb Aline in ihr Tagebuch. 1935 war seine Widerstandskraft gebrochen, er starb an einer Überdosis Schlaftabletten.

Die Zeit spielte verrückt. Im Januar war Hitler Reichskanzler geworden, im Radio, einem stoffbespannten Kasten, hörte Wladimir auf die belfernde Stimme Goebbels, der über Ossietzky, Tucholsky und Walter Mehring herzog.

In Zürich wurde das Odéon am Fassnachtsabend Teil dieser aus den Fugen geratenen Welt. Rosenberg hatte seine Frau, die ihm schwermütig erschien, angeregt, mit ihm dorthin zu kommen, ein Stündchen nur, man erwarte ihn dort.

Im Chaos des dekorierten Cafés ging Wladimir schnell verloren, ein rotes Flamenco-Kostüm hatte ihn weggezogen.

Aline war ungeschminkt, nicht verkleidet, der Tumult stimmte sie melancholisch. Eben hatten sie die verstörende

Nachricht vom Brand des Reichstags in Berlin und der Hatz auf die Kommunisten vernommen. Auch ihre private Welt war von der Umkehrung der Dinge betroffen: Silone hatte ihr einen verwirrenden Brief geschrieben, von einer Liebesnacht mit einer bezaubernden Frau, er danke Aline, sie habe es wohl so gewünscht für ihn. Was für eine Rolle drängte Silone ihr da auf?

Die Musik dröhnte, ein beleibter Mann, ein Klient von Wladimir, schleppte sie ab zum Tanz, er war angetrunken.

Da tauchte Humm als Retter auf, er zog Aline auf die Empore und setzte sich als Wächter neben sie, zur Begrüßung gab er ihr ein paar Küsse, wie das an Fassnacht der Brauch ist. Die Giedion ging vorbei und lächelte schief, sicher würde sie Silone die Neuigkeit, hinterbringen, Aline habe einen neuen Liebhaber.

Ein paar Tage später läutete Silone am Tor des »Baumwollhofs«.

»Ah«, sagte er zynisch, er höre, sie habe schon Ersatz für ihn gefunden! Seinen Mitarbeiter Humm! Sie versuchte sich zu rechtfertigen, er hörte nicht hin und schickte anderntags ein Paket, ehemalige Geschenke der Rosenbaums, dabei auch die fünfhundert Franken, die Wladimir als Zuschuss für den Druck von *Fontamara* gespendet hatte.

Im April dann der letzte Brief, in dem er Aline verteufelt: Er nennt sie eine stinkende Nymphomanin, und fragt sich, »warum sich Frau Rosenbaum nicht ins Wasser der Limmat werfe?«

Aline, die stets darauf geachtet hatte, sich mit Würde aus Beziehungen zurückzuziehen, war völlig zerstört.

Wladimir, wochenlang nur mit seinen Angelegenheiten beschäftigt, bemerkte immer, wenn es Aline wirklich schlecht ging. Er verstand das Ausmaß der Verheerung.

»Ich kann vier Tage frei nehmen. Was sollen wir tun?«

»Wegfahren von allem«, sagte sie.

Sie fuhren in östlicher Richtung durch eine winterliche Landschaft, Aline sah die Welt ihrer Gefühle vereist, unwegsam. »Warum sich Frau Rosenbaum nicht ins Wasser werfe« ... der Satz fuhr mit ihnen.

Alines Vertraute in jener Zeit, Louise Mendelsohn, Frau eines emigrierten jüdischen Architekten aus Berlin, gab der Freundin einen Text des Dichters Clemens von Brentano zu lesen. Mit ähnlichen Bildern wie Silone peitschte Brentano eine große Liebe aus sich heraus: Du bist ein »Kissen voll ekler Lüste«, er wünschte den Suizid der ehemaligen Geliebten herbei: »Wenn sich die einst Angebetete in die Spree werfe, so werde sie wie Spreu obenauf schwimmen ...«

Mit Louise unternahm Aline darauf eine Italienreise, der Wagen der beiden Frauen wurde in den Städten von Männern umringt. »Da schau, wie sich die lateinischen Liebhaber um ein Abenteuer reißen!« sagte Louise. »Später baden sie in Schuldgefühlen, reden sich ein, Liebe passiere nur mit einem kümmerlichen Teil ihrer selbst. Wehe, wenn aber das Herz mitspricht wie bei Silone, dann gilt es, mit Gewalt den Teufel auszutreiben.«

1940, mitten im Zweiten Weltkrieg, nahm auch die offene Ehe der Rosenbaums ein abruptes Ende: Wladimir bat

Aline um die Scheidung, eine junge Freundin, die Fotografin Anne de Montet, erwarte ein Kind von ihm, er wolle mit ihr eine Familie gründen.

Am 12. Oktober desselben Jahres wurde die Scheidung in Bern in zehn Minuten vollzogen, »nach der Verhandlung weinten wir beide und küssten uns«, notierte Aline in ihrem Tagebuch.

Später war Aline eine kurze Zeit mit dem emigrierten Musiker Wladimir Vogel verheiratet.

»Sie hat ihn genommen, weil er keine ganzen Socken hatte und keinen anständigen Pass«, sagte Maria, ihre langjährige Haushilfe, doch Scior Rosenbaum habe nie aufgehört, der Mann der Sciora Aline zu sein!

Als nach dem Krieg der Vogel davonflog, wohnte Aline wie auch Rosenbaum in Ascona. 1936 hatte Rosenbaum über sein Anwaltsbüro alte Flugzeuge für den Spanischen Bürgerkrieg vermittelt, um den Faschismus zu bekämpfen. Er bekam vier Monate Gefängnis und verlor sein Anwaltspatent. In Ascona baute er sich eine neue Existenz als Antiquar auf. Aline ließ sich zur Psychotherapeutin ausbilden und veröffentlichte das Buch *Geschichten vom Tal*. Den zwei Töchtern aus Wladimirs zweiter Ehe war sie eine liebevolle Tante.

Aline blieb vital bis in ihr hohes Alter von siebenundneunzig Jahren. Bis zuletzt kam Herr Rosenbaum jeden Sonntag, nun mit seiner dritten Ehefrau, zu Aline zum Tee. Eines Tages, wohl mit einem Seufzer über ihr Alter, fragte sie dann: »Wir wäre es, wenn ich mit Euch zusammen im Grab läge?«

Rosenbaum blickte zu seiner Frau, sie lachte und sagte ohne Zögern: »Klar, wir werden doch auch unter dem Boden noch miteinander auskommen!«

In der Gemeinde Ascona gab es aber ein Gesetz, mehr als zwei Menschen durften nicht in einem Grab liegen! Da ordnete Aline an, obgleich sie die Erde liebte, nach dem Tode sollten ihre Überreste verbrannt werden.

So ruht auch noch im dritten Jahrtausend ihre Asche in einer Blechkiste auf Rosenbaums Bauch. Auf dem Grabstein aus rosa Granit befindet sich ein gemeißeltes I-Ging-Zeichen, und inmitten des christlichen Friedhofs liegen auf dem Grabstein nach jüdischem Brauch kleine Steine. Ich lege für die Rosenbaums ein weiteres Steinchen auf die obere Wölbung des Granits, es ist ein kleiner Quarz, den wohl ein wilder Tessinfluss rundgeschliffen hat, und denke an Wladimirs Satz in seinem letzten Interview für die Tessinerzeitung:

»Aline und ich – wohl die ungewöhnlichste Liebesgeschichte seit fünfhundert Jahren.«

Ein himmlisch-vergnügliches Abenteuer
voller Humor, das uns nicht nur zu Weihnachten
an das wirklich Wichtige erinnert.

Eveline Hasler
Tag der offenen Tür im Himmel

Schnuppertag im Paradies: Um die Menschen an die Verheißungen des Himmels zu erinnern, wird dort ein Tag der offenen Tür organisiert. Das kriegt die Hölle spitz und schickt Teufel Ronaldino als Spion. Wie die menschlichen Besucher ist allerdings auch er überrascht und begeistert vom Angebot.

112 Seiten · 17 Euro · ISBN 978-3-312-01036-3

NAGEL & KIMCHE

Mentona Moser – eine Unbeugsame,
die die europäische Welt des 20. Jahrhunderts
bewegt hat – und vergessen wurde.

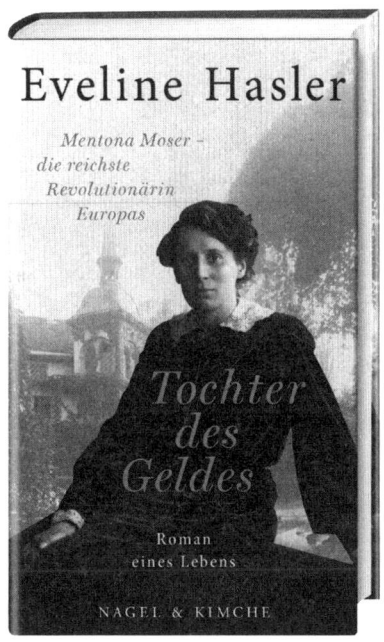

Eveline Hasler
Tochter des Geldes

Ein verwunschenes Schloss um 1900 am Zürichsee, eine einsame Kindheit,
in der nur die Natur und manchmal die ältere Schwester Zuflucht boten.
Früh brach Mentona aus und widersetzte sich: erst den Erwartungen der
Mutter, später den vorgezeichneten Rollenbildern und den Erwartungen
der Zeit. Ihr Weg führte sie nach London, Berlin und Moskau.

288 Seiten · 23 Euro · ISBN 978-3-312-01114-8

NAGEL & KIMCHE

Zürich in den 30er Jahren: Ein starkes
Porträt von Menschen, die mit angehaltenem
Atem das Ungeheure erwarten.

Eveline Hasler
Stürmische Jahre

Thomas Mann mit Familie, Franz Werfel, Annemarie Schwarzenbach,
Alma Mahler – berühmte Autoren fanden vor dem Krieg in Zürich zusammen – mittendrin das heute vergessene Ehepaar Ferdinand und Marianne
Rieser. In ihrer romanhaften Art erzählt Eveline Hasler von der angstvoll
kreativen Anspannung in einer unruhigen Zeit.

224 Seiten · 21,90 Euro · ISBN 978-3-312-00668-7

NAGEL & KIMCHE

VORANKÜNDIGUNG
FRÜHJAHR 2022

Eveline Hasler

Spaziergänge durch mein TESSIN

Landschaft, Kultur und Küche.
Oasen für die Sinne

Kastanienwälder und an Felswände geduckte Steinhäuser im Herbstnebel, sonnenverwöhnte Palmen und Kamelien an den Hängen über dem Lago Maggiore. Das Tessin ist eine beinahe mysthische Landschaft, die nicht umsonst Zuflucht für Künstler und Literaten war und ist – nicht nur Hermann Hesse, Friedrich Glauser oder Patricia Highsmith haben sich hierher zurückgezogen.

Eveline Hasler, die selbst seit Jahren im Tessin lebt und schreibt, erzählt von den eigenwilligen Bewohnern dieser herrlichen Landschaft und erkundet die von der Vielfalt Italiens und der Kargheit der Alpen beeinflusste Küche. Ihre Spaziergänge machen buchstäblich Appetit auf mehr:

Zahlreiche Originalrezepte regen zum Nachkochen an.

Neuauflage · ISBN 978-3-312-01232-9

NAGEL & KIMCHE